재혼하면 행복할까 (개정판)

재혼하면행복할까(개정판)

머리말

oecd1위를 찍기도 한 한국의 이혼율과 그로 인한 홀몸들의 발생, 재혼시장에서의 방황, 그리고 재혼으로 이어지는 과정, 이후의 재이혼을 막기 위한 방법까지 결혼문화 전반을 폭넓게 조망하고자 하였다. 초판본에서 다소 장황하였던 부분은 가지치기를 하였고 후반에는 요즘 뜨겁게 일고 있는 동거열풍에 대한 부분을 첨가하였고 이혼 재혼 동거등에 관한 짧은소설을 첨부하였다

초판은 2012, ㈜ 다밋,에서 양영제 작가의 단독집필로 이루어졌고 개정판은 양영제, 박순영의 공동집필로 이루어졌다.

.

재혼하면행복할까(개정판)

저자 약력

양영제

　　중앙대학교 예술대학원 문학석사

　　장편소설 <두소년> <여수역>

　　<재혼하면 행복할까-세컨드 웨딩> (초판, 2012. 다밋)

　　2023 여순평화인권문학상 소설부문 대상수상

박순영

　　한국외국어대학교 영어과 졸업, 성균관대 문화학 석사

　　방송, 소설, 카카오 브런치스토리 작가.

　　e북 소설집 <엑셀> (포레스트웨일. 2023)

　　소설집 <응언의사랑> (로맹. 2024)

재혼하면 행복할까 (개정판)

차례

재혼하면행복할까(개정판)

프롤로그

　　코로나를 맞아 한국의 이혼율은 다소 낮아졌다는 통계가
나왔다. 세계 여러나라의 사례와는 비교되는 일이어서 주목할
만한데, 낮아진 건 이혼율뿐 아니라 혼인율도 함께 내려갔다.
　　그것은 장기 펜데믹으로 인한 세계경제의 불황과 그에 따
른 개인 소득의 하락과 그에 따른 불안심리에 기인하는 듯 하
다.
　　초판본에서는 당시 oecd1위를 찍은 한국의 이혼실태와 홀
몸들의 비애와 재혼시장에서의 방황,어렵게 이른 재혼이 다시
이혼으로 이어지는 경우 등에 관해 고찰하였고 개정판에서는
초판본의 다소 장황한 부분, 중간중간 들어간 픽션　부분들을
다량 가지치기 하였고 그동안 10여년이 흘렀으므로 자료는 최
신의 것으로 대체하였다
　　그리고　요즘 전 연령대애 걸쳐 붙같이 일고 있는 동거열
풍과 그에 대한 대책을 첨가하였고 끝으로　이혼과 재혼 등에
관련된 짧은 소설을 첨부했다. 그렇게 함으로써 이혼과 재혼에
관한 담론을 문학과 연계하려는 시도를 해보았다.

재혼하면행복할까(개정판)

이혼이나 기타 사유로 홀몸이 된 이들에게서 태어나는 2세 문제도 해결해야 할 오랜 과제가 되었는데 현실은 그닥 만족스럽지 못한 것이 사실이다. 전체 가구의 7%가 한부모 가정인 것으로 드러났음에도 정부차원의 제도적 뒷받침은 미흡하여서 한 부모가정 월소득이 207만 이상이면 한달 20만원 나오는 바우처도 받기 어려운게 현실이고 소유차량까지 장애가 된다...

이런 현실에서 이혼이나 비혼 사이에서 태어난 자녀들의 바람직한 양육은 기대하기 어려운 것이고 당사자인 그 자녀들이 받는 심리적 타격과 고통 또한 극심하다 하겠다. 여기에 아직까지도 홀몸으로 아이를 키우는 이들과 그런 편부모 밑에서 크는 아이들에 대한 비뚤어진 편견은 그 고통과 갈등을 더 한층 깊은 것으로 만들고 있다.

이렇게 우리도 이제는 이혼뿐 아니라 동거를 비롯한 비혼 사이에서도 아이를 많이 낳고 있는 현실을 맞아 그에 대한 사회적 인식개선과 합당한 제도적 뒷받침이 따라야 할 시점이라고 본다. 이런 담론을 현실화시키는 데 조금이나마 도움이 되길 바라는 마음에서 개정판을 내게 되었다.

2024.1

양영제, 박순영 씀

재혼하면행복할까(개정판)

1. '홀몸'의 현실과 사회적 인식

각 개인의 정신이 아무리 독특하다 해도 다른 개인의 정신과 동일한 부분을 많이 지니고 있다. 모든 개인들의 정신은 공통의 하부구조 혹은 토대를 가지고 있기 때문이다. 이것을 융(Carl Gustav Jung 1875년 7월 26일 – 1961년 6월 6일. 스위스의 정신의학자로 분석심리학의 개척자이다.)은 집단 무의식이라고 부른다.

시간과 공간의 구속을 받지 않고 특정 상황에서 상징적인 이미지와 그것과 조화를 이루고 있는 감정들이 거듭하여 유사한 방식으로 결합한다. 이것을 원형 무의식이라고 부른다.

이런 집단적 원형 무의식은 재혼시장이라는 집단에도 형성되는 것이라 아무리 개성이 강하고 자기 철학이 공고화 된 사람이라고 해도 집단 무의식 원형 속으로 물처럼, 기체처럼 흘러들어가 결국엔 무너지게 된다. 가정을 유지하고 있을 때는 드러나지 않았던 무의식이 원형이라는 원심력에 의해 휘돌리게 되고 여기에 저항하여 자기방어기제를 강력하게 동원하면 독선이라는 마찰음이 생기며 파열과 함께 그 사이로 외로움을 뒤집어 쓴 노이로제가 침투한다. 이래저래 홀몸은 존재자체가 버겁

기만 하다.

　　견디어 내기 힘든 질곡의 결혼관계를 마침내 끝내고 속박 없는 생활과 배우자의 잔소리 없는 세상 그리고 자유로운 이성 교제가 이루어질 것 같은 홀몸이 되었지만 홀남 홀녀에게 기다리고 있는 지대는 개펄이며 그 안에서의 자유에 한한다. 성적 욕구의 해결은 고사하고 식사, 자녀양육 등 기초생활에서 극심한 어려움에 봉착한다. 속박이 없어졌으니 정신적으로 자유로울 것 같지만 그렇지 못하고 부모형제로 부터도 소외당한다.

　　이런 홀몸들이 같은 홀몸 남녀를 만나려 모이게 되는데 이것이 재혼시장이라는 것이다. 시장에는 유통 메카니즘이 있는데 재혼시장도 마찬가지다. 이 재혼시장 메카니즘을 모른 채 자기만의 가치관으로 흘러들어와 걷다 보면 원하지 않게 또다시 생채기가 나고 무릎이 꺾이며 재혼시장의 미아로 전락하게 된다.

　　2020이후 최근 결혼과 이혼 통계를 보면, 그동안 oecd상위를 줄곧 유지하던 한국의 이혼율이 다소 하강하고 있음이 드러난다. 그러나 동시에 혼인율 또한 낮아지고 있고, 결혼평균 연령은 남녀 30대 초중반, 이혼은 남녀 40대 후반이 가장 많은 것으로 드러났다.

재혼하면행복할까(개정판)

< 혼인지속기간별 이혼 구성비, 2012, 2022 >

2012년 ■ 2022년

혼인지속기간	2012년	2022년
30년+	7.6	16.8
25-29년	7.0	8.9
20-24년	11.9	11.0
15-19년	14.6	12.0
10-14년	15.5	14.8
5-9년	18.9	18.0
0-4년	24.7	18.6

50   25   0   25   50

이혼건수는 9만 3천 건으로 전년대비 8.3% (-8천 건) 감소

○ 조(粗)이혼율(인구 1천 명당 이혼건수)은 1.8건으로 전년대비 0.2건 감소

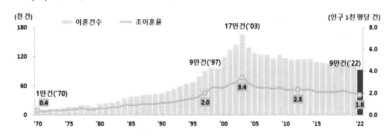

○ 혼인지속기간별 이혼 구성비는 0-4년(18.6%), 5-9년(18.0%), 30년 이상(16.8%)
  순으로 많음
○ 연령별 이혼율(해당 연령 인구 1천 명당 이혼건수)은 남녀 모두 40대 초반에서
  각각 6.9건, 7.6건으로 가장 높게 나타남

12/185

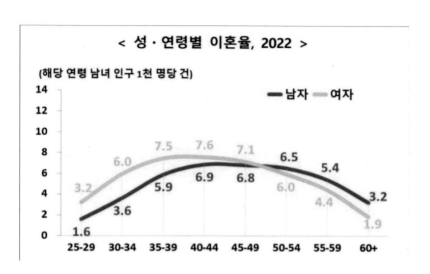

< 성·연령별 이혼율, 2022 >

(해당 연령 남녀 인구 1천 명당 건)

① 홀몸의 섹스

　홀몸들의 섹스는 과연 무엇을 위한 것인가? 단순한 생리적 욕구에 의한 것인가 아니면 재혼을 염두에 둔 포석일까?

　필자는 이 두가지가 뒤섞인 형태라 본다. 그렇기에 상대를 기계적으로 다루려하는 무의식도 존재한다. 하지만 특히 여자의 입장에서는 비록 이혼녀 (사별녀)이긴 해도 '첫 섹스 상대'이고 싶다는 생각을 하게 되고 그래서 '처음처럼 대해 주길'바

재혼하면행복할까(개정판)

라는 마음이 크다.

　하지만 남자들은 이미 아이를 낳아보았고 그 과정에서 수도없는 섹스를 해왔기에 새롭게 만난 상대 역시 기계적으로, 예전에 하던 방식으로 그렇게 대하려 하는 경향이 농후하다.

　이 지점에서 이미 이렇게 홀몸들은 부딪치게 되는 것이다.

　이렇게 홀몸 남성들의 이런 모습은 생활에서도 바로 이어져 재생된다. 하나의 우주를 갖고 있는 한 여성을 기존에 있었던 여성의 빈자리로 대체하려는 습성을 버리지 못한다는 말이다. 남자는 쉽게 변하지 않는다. 남자는 여자가 변하지 않고 항상 그 자리에 서 그 모습으로 있어주기 바라고 여자는 남자가 변해 주기 바란다. 그래도 남성은 쉽게 변하려 하지 않는다. 남성 자신이 변하지 않고 그 자리에 돌아오기 때문에 여성도 항상 그럴 것이라 생각하고 배려하지 않고 있다가 어느 날 비 개인 오후 갑자기 이혼을 요구하는 여성에게 심한 배신감을 맛보게 되곤 한다. 그래서 고독단신 홀남이 되었어도 남자는 쉽사리 변하지 않는다. 생각을 리셋(reset) 시키지 않으면 정말 어렵사리 여자를 만났다 해도 관계가 지속되기 힘들어진다.

② 제도 밖의 욕망

　홀몸들의 모순적 욕망을 이해하려면 먼저 제도 안에서의 욕망과 그 해소에 대해 살펴보아야 한다. 제도 속에서 욕망 해소는 편하고 안락하고 안전하고 충만한가? 또 제도 안에서만 해소되어야 하는가? 우리는 욕망과 요구와 필요를 구분하지 못하고 있는 것이 아닌가? 우리가 제도 속에서 얻고자 하는 것은 필요(need)에 의한 요구(demand)이지 욕망(desire)이 아닌 것이다.

　욕망은 언어화 될 수 없는 것이고 이것이 언어화 되는 순간 제도와의 사이에서 충돌한다. 그 충돌로 인해 생리적 욕구와 제도적 요구 사이에서 메울 수 없는 간극이 발생하고 이는 심연에서 욕망으로 형성된다. 그러므로 욕망이 강할수록 현실적 제도 속에서 결핍을 느끼고 그 결핍충족은 제도 밖에서 얻으려 하는데 그것이 바로 '외도'이다.

　외도를 한다는 것은 욕망해소를 한다는 것인데 이것이 제도 밖에서 이루어지기 때문에 스릴을 동반한 위태로운 욕망충족 방식이 되는것이다. 그런데 라캉(프랑스의 정신분석 학자)은 욕망충족은 끝이 없는 것이고 욕망의 끝은 죽음이라고 말했다.

욕망추구만 쫓다보면 가치관이 무너지고 급기야 제도가 흔들리게 된다. 제도 자체가 불필요하게 되고 생활의 요구와 필요를 충당할 수 있는 공간이 사라지게 된다...

스피노자는 좋아하기 때문에 욕망하는 것이 아니라 욕망하기 때문에 좋아하는 것이라고 여겨 제도적 장치 속에서 기계적 욕망을 다스리는 것이 필요하다고 했다.

그렇다고 스피노자가 단순히 욕망을 억압하자는 것은 아니다 욕망을 현실적 인간본질로 규정하고, 이 욕망에 삶을 투영하여 자기 스스로를 지켜야 한다는 것이다. 이것을 두고 코나투스(conatus)라고 부른다. 자기를 올곧게 보존하고자 하는 힘이 코나투스 인 것이다.

제도 속에 욕망 충족은 필요와 요구를 충족시켜야 하는 책임과 의무를 동반하게 된다. 그러기 때문에 욕망은 심연으로 은폐되고 요구와 필요가 전면에 나서게 돼서 엇박자가 난다.

홀몸들의 경우, 쿨한 욕망이라고 자신 있게 말 하면서도 그 욕망을 완전히 충족시키지도 못하는 딜레마에 빠지는 경우가 종종 있다. 그렇다고 일렁이는 심연 속의 욕망을 자신의 코나투스로, 자기의지로 통제나 제어하지도 못 하면서 위태한 만남을 지속시키려 한다.

삶을 유지하는 것은 필요와 요구이겠지만 추동하는 것은 욕망이다. 그 중에서 가장 우선인 것이 리비도(Libiod. 정신분석학적으로 인간행동 추동의 근원적인 원동력.) 이다.

홀몸에게 연애가 쉽지 않는 것은 기계적 욕망이 재혼이라는 제도를 담보로 삼고 있기 때문으로 풀이된다. 연애를 통해서 제도 속으로 자연스럽게 또는 필연적으로 귀결되지 못 할 수 있다는 염려 때문에 욕망도, 요구도, 필요도, 충족하지 못하는 건 아닐까?

③ 사별자

이혼자가 사별자를 선호하는 경향은 은근히 높게 나타난다 이혼남은 사별녀를 호의적으로 보고 이혼녀는 사별남에게 역시 호감을 가진다. 사별은 미움이라는 정서보다는 그리움, 애절함 보고픔 등의 정서가 지배할 것이라는 추상적인 생각 때문이다.

맞다. 사별자들은 눈빛이 젖어 있고 항상 울 준비가 되어 있다. 어깨가 처져 있고 누군가에게 기대고 싶어 한다. 사별한 전배우자에 대한 그리움은 홀몸이 된 후 현실에서 느끼는 어려움이 크면 클수록 배가 되어간다.

예전에 프랑스 루브르 박물관에 전시된 레오나르도 다 빈

치의 명화 <모나리자>가 사라진 적이 있었다. 박물관 전시품목 중 대표격인 작품이 사라졌으니 당연히 관람객이 줄어들 것이라고 여겼던 박물관 관계자들은 깜짝 놀랐다. 모나리자 그림이 없는 벽면을 보려고 더 많은 관람객들이 입장한 것이다. 사라진 것에 대한 그리움은 그런 것이다. 늘 있던 것이 없어지면 그 허망함은 그리움으로 변하여 가슴을 허하게 만든다. 하물며 사람이고 자신과 함께 생활을 했으며 자식을 같이 낳은 남편, 아내였다면 오죽하겠는가.

그런 애절한 그리움이나 못 다한 사랑에 대해 한을 갖고 있는 사별자를 만나면 그 사랑이 자신에게 전이될 것이라 판단할 수 있다. 하지만 그것은 착각이다. 할퀴며 싸우고 이별하지 않았으니 이혼과정에서처럼 가슴이 메마르고 황폐화되지 않았을 것이다. 하지만 사별자가 가지고 있는 회환과 그리운 감정이 고스란히 새사람에게 전달되는 것은 아니다. 사별한 전배우자의 음영을 새로운 사람에게 투영을 하지만 제대로 형상화되지 않을 때는 쉽게 접어 버리는 경향이 있는 것이 사실이다.

그 투영이라는 것은 세상을 떠난 전배우자에 대한 그리움뿐만 아니라 자신에게 은혜로웠던 것만 기억하는 기억의 편집된 부분이다. 이혼자가 전 배우자에 가지는 기억 중 나쁜 것만

편집하여 가지고 있다면 사별자는 반대의 경우다. 이혼자는 그 렇게 해야 전 배우자의 음영에서 벗어나 홀로 설 수 있기 때문이고, 사별자는 현재의 삶이 혼자의 힘으로는 힘들기 때문에 함께 해서 편하고 좋았던 그 부분을 자꾸 되새기는 것이다.

그래서 사별자는 새로운 사람을 만났을 때 똑같은 형식과 내용으로 이 부분을 채워주기를 바라게 된다. 이 투영이 제대로 형성되지 않을 때에는 곧바로 실망이 이어지고 다시금 사별한 전 배우자에 대한 그리움으로 돌아간다..

실제 예를 들어보면 딸 둘을 키우는 K 여성은 사별한 지 몇 년 되지 않은 해 이혼남과 서둘러 재혼을 하였다. 아직 어린 딸들에게 아빠의 부재가 너무나 가슴이 아프고 거친 세상을 살아가기에는 너무 여린 자신에게 새롭게 다가온 이혼남은 든든한 버팀목 같아 보였다. 그런데 불과 석 달을 함께 살지 못하고 이혼을 하여 다시 혼자가 되었다. 이제는 사별자에 이혼녀가 되어 버린 것이다.

이것은 남녀 모두 착각을 했기 때문이다. 재혼을 할 때 사별녀는 이혼남이 자기 딸들의 아빠 역을 전남편처럼 똑같지는 않더라도 비슷하게 해 줄 것이라고 착각했으며, 이혼남은 자신의 전배우자처럼 만사에 자기주장을 내세우지 않을 것이기에

재혼하면행복할까(개정판)

편할 것이라고 착각한 것이다.

아니 이런 현상은 착각이라기 보다는 오류라고 부르는게 맞을 것이다. 오류는 실제 현상과 자신의 생각 사이 부정합성에 의해 발생하는 간극이다. 그 간극을 최소화하려면 서로에 대해 알아야 하는 것이고, 상호간에 무엇을 요구하는지 솔직해야 하며, 자신이 무엇을 제대로 파악하고 있지 못하는가를 인식할 필요가 있다.

그 이혼남에게는 이미 자신이 양육하고 있는 아들이 있었으며 자신의 아들과 새로이 맞게 된 딸들을 똑같이 대하지 못했다. 또 사별녀 입장에서도 자신과 재혼한 이혼남이 이미 자기 안에서 성인(聖人)이 되어 있는 전남편과 같을 수 없었다. 이혼남은 상황과 기분에 의해 화도 내고 짜증도 내는 살아있는 사람이기 때문이다.

사별남의 경우도 마찬가지다. 아내와 사별한 지 얼마 되지 않아 재혼시장에 발을 들여 놓은 사별남들에게 어떤 여자를 원하는가 물어보면 솔직하게 대답하지를 않는다. 다만 은근하게 에돌려 말하길 자신의 아이들 엄마 역할을 해 줄 여자를 찾는다고 말한다. 엄마 잃은 자식들을 바라보는 아비의 심정이야 어디 사별녀와 다를 바가 있겠는가. 그리하여 엄마의 사랑을 받지 못하는 자식들을 위해 엄마의 손길을 줄 수 있는 여자를 찾지만 현실은 녹록지가 않다.

"그러면 사랑할 여자를 찾는 것이 아니라 유모를 원하는 거예요?"

피눈물 나는 소리 같겠지만 단언하건대 자신의 자식들 엄마 역할을 해 줄 여자는 이 세상에 없다. 또 자신의 자식들 아빠 역할을 해 줄 남자도 세상에 없다. 이 점에 있어서는 이혼자도 어느 정도 새 배우자에게 기대하는 바가 있겠으나 기대하는 바가 적으면 적을수록 실망도 적고 그만큼 재혼실패를 할 확률도 낮아질 것이다.

사별자의 자녀에 대한 집중은 거의 신들려 있다고 할 정도다. 이 점에 있어서는 비사별자의 이해가 많이 부족한 것 같다.

이혼자는 만약에 자신이 행여 잘못되는 경우에 아이들을 맡아 줄 전배우자가 있다. 그러나 사별자는 없다. 오로지 자신이 아니면 아이들이 고아가 된다는 강박관념이 무지막지하게 심하다. 그런 강박관념 때문에 자신의 재혼이 자식들에게 불리하다 판단되면 과감히 재혼을 포기해버린다. 이런 점 때문인지 사별자 가구 수가 이혼자 가구 수보다 더 많다.

이 점에 있어서는 남자나 여자나 동일하다. 즉 여성에게 있어 아빠를 잃은 아이들에 대한 모성애는 놀라울 정도다. 모든 것이 자식 우선이고 혹시나 자신이 잘못되면 세상에 부모 없이 남아야 할 자식들을 위해 각종 보안장치를 겹겹이 해 두기도 한다.

이것은 상대방의 자기정체성 확보와도 연결되는 부분인데 재혼에 있어 정체성 문제는 사별이든 이혼이든 정말 중요하다. 상대에게 무턱대고 잘 한다고 해서 되는 것이 아닌것이다. 즉 재혼에 있어 상대에게 정체성을 확보시켜 주는 것은 그 어떤 보물을 선사하는 것보다 중요하다.상대는 공허한 역할 수행자가 아닌 것이다.

그리고 흔히들 사별자 안에는 '두개의 방'이 존재한다고 한다. 하나는 떠나간 전 배우자에 대한 그리움과 미련의 방, 그리고 또 하나는 새사람을 위한 방, 이 두가지다. 그런데 많은 이들이 전자만 의식해서 사별자를 오히려 기피하기도 한다. 이 문제의 해결책은 의외로 간단한데, 먼저 존재하는 방을 인지하고 인정하되 남녀모두 그것에 얽매이지 않는 것이다. 추억은 추억으로 현재는 미래를 향한 포석으로 삼는다면 이 문제는 보다 원만히 해결될 것이다.

재혼하면행복할까(개정판)

정체성이라고 하는 것은 재혼에 있어서 매우 중요한 정신적 조건이다. 정체성을 아이덴티티(identity)라고 한다. 이것을 가족이라는 틀에 확장 적용하면 '위상'이라고 말할수 있다. '나는 너에게 무엇인가' 하는 문제는 남녀가 함께 살면서 끊임없이 되풀이 되는 정신적 요소인데, 이것을 소홀히 해서는 안된다. 끊임없이 당신을 사랑한다고 말하는 것보다 당신이 미울 때도 있고 고울 때도 있겠지만 나에게 없으면 큰일 나서 나는 살 수 없다고 표현하는 것이 상대의 마음을 안정시키는 데 훨씬 강력한 힘을 발휘할 것이다.

사별자에게 있는 기존의 방은 비록 세상에 없지만 전배우자와 함께 살아온 날만큼 쌓아온 방이다. 그 방을 억지로 없애려 하면 안 되는 것이니 그 방은 그대로 두고 새로운 방을 알뜰살뜰 꾸미는 쪽으로 방향을 잡으면 좋은 결과가 있지 않을까 싶다.

그렇다면 이런 '두개의 방'이니 하는 문제를 해결하려면 같은 사별자끼리 결합하는게 낫지 않느냐 하는 이야기가 나올 법도 한데 자녀가 있는 경우 말처럼 쉽지가 않다.

한마디로 서로에게 자식이 있는 경우 그런 전제는 쉽사리 무너지고 만다.

재혼하면행복할까(개정판)

실제 여기에 해당하는 예를 들어보면 전처에 대해 애틋한 감정을 고스란히 간직하고 있는 아들딸을 둔 사별남 C씨와 어린 딸에 목을 매고 사는 사별녀 L씨가 재혼시장에서 오랜 탐색기간을 거쳐 연애를 하고 재혼을 한 경우가 있다. 남자는 흠잡을 곳 없이 외모나 경제력, 품성 등 모든 것을 갖추었고, 여성역시 미모에 알뜰한 살림살이에 유순하기까지 해서 환상적인 커플이라고 전부 부러워했다. 나이 차이는 났으나 재혼에 있어서는 나이 차이가 어느 정도 있는 것이 오히려 낫다는 풍문이 더욱 이 재혼부부를 축하하게 만들었다.

하지만 불과 몇 달 못가서 둘은 헤어지고 말았다. 사별자들끼리, 그것도 품성이나 모든 것이 조화로운 남녀가 만났는데 왜 헤어졌을까? 그들은 서로의 전 배우자에 대한 잔영이 그대로 남아 있었고 (남자 집에는 전배우자의 사진이 거실에 그대로 걸려 있을 정도였다) 서로 자신의 자식들에 대해 너무나 목을 매고 있었다, 거기서 오는 새아빠, 새엄마로서의 기대감이 결국 둘을 어지게 된 것은 아닐까 생각 해 본다.

리처드 도킨스(Richard Dawkins)의 <이기적인 유전자(The selfish Gene)>라는 책을 보면 ,사람은 본디 이기적이다. 그 이기적인 성향때문에 상실이라는 공통분모와 상호 필요성에 의해 결합을 한다고 해서 모든게 해결되는건 아니다. 어느 한쪽이 조금이라도 희생을 요구받는다고 생각하고 자신의 욕구가 충족되지 못한다면, 사별이라는 동질의 아픔은 서로를 껴안게 만드는 요소가 되지 못한다. 다만 너의 아픔 나의 아픔일 뿐이다.

자녀를 양육해야 하는 시기에는 자녀에 대한 상대방의 역할기대가 어느 정도 사랑의 감정을 태동하게 만드는 계기가 될 수 있을지만 그것이 주된 목적이 되어서는 안 될 것이다. 그렇다고 해서 자녀를 도외시하고 노후보험 드는 식으로 재혼 상대를 고르겠다고 하면 그것도 문제를 남긴다고 할수 있다.

사별자와 이혼자는 분명히 정서 자체가 판이하게 다르다. 그러나 그건 홀몸이 된 형태가 다를 뿐이고 홀몸 초반에 정서가 다를 뿐이다. 사별자도 혼자 된 지 대략 5~6 년이 흐르면 재혼에 임하는 자세가 비사별자와 별반 다르지 않고 통상적인 재혼시장 정서에 편입하게 된다. 재혼시장 정서라고 하는 것은 그 시장 안에서 고유하게 형성되는 눈치, 평가, 계산, 뭐 이런 것들인데 사별자라고 해서 죽을 때까지 사별의 정서를 온전히 갖고 사람을 만나지는 않는다는 말이다.

재혼하면행복할까(개정판)

2. 재혼의 형성과 흐름

　잠깐 주춤하고 있긴 하지만 여전히 높은 우리의 이혼실태에 새롭게 각광받는 유망직종이 생겨났다. 그것은 홀몸남녀들을 연결해주는 '커플매니저'라는 직업이다.
그들은 '불행을 사서 행복을 판다'는 모토로 재혼시장에서 적지 않은 영향력을 끼치고 있다.그들의 눈에 비친 홀몸남녀들을 살펴보기로 한다.

　우선 홀남들은 이혼을 받아들이는 데도 홀녀들보다 훨씬 늦는다고 한다. 그만큼 전처에 대한 미련이나 그리움이 깊다는 것이다. 그리고 그들의 그런 심리 밑에는 '어머니'와 '아내'를 동일시 하는 경향이 자리한다고 한다. 해서 이혼남들의 최고의 고통은 '갑자기 불편해진 생활'이라고까지 한다. 늘 아내의 손을 빌어 살아온 남자가 어느날 갑자기 아내를 잃고나서 양말 한짝, 아침밥 한그릇을 직접 해결한다는게 여간 힘들다는게 아니다.
　그렇다고 홀남들이 언제까지나 넋놓고 전 배우자에게 묶여있

재혼하면행복할까(개정판)

는 것만은 아니어서 그들도 새여자를 찾아나서기는 하지만 홀
녀들에 비해 그 속도가 매우 느리고 재혼에 이르기까지도 시간
이 오래 걸린다고 한다.

이것은 결혼 생활 동안 여자에 비해 남자가 그만큼 '방심'을
했다는 반증이기도 하다. 여자는 웬만하면 가정을 뒤흔들거타
파투내려 하지 않아 가급적 남편과 맞서지 않으려는 반면 가부
장제에 길들여진 우리 사회 남자들은 결혼과 함께 시중을 하나
하려한다. 그런 것들이 하나씩 누적돼서 여자는 긴 고요 끝에
'난데없는 이혼선언'을 하고 남자는 어리둥절해 하는 것이다.

이제 홀녀들의 심리를 보면, 특히 우리 사회가 아무리 개방
적이 되었다 해도 홀녀에 대한 인식은 아직 갈길이 멀 다 할
수 있다. 그러다보니 홀남에 비해 홀녀는 더더욱 사회의 시선
을 의식해 이혼사실을 가까운 친지나 친구조차 모르게 하는 경
우도 많다고 한다. 그리고 맞선을 보는 경우 그녀들에게 가장
난감한 것은 상대남이 이혼사실을 물어오는 경우와 친권의 행
방을 물을 때라고 한다. 서로 필이 통해 가까워지면 자연히 알
게 될 것을 맞선 상대들은 다급하게 물어오는 경우가 다반사고
그렇게 되면 홀녀들은 이혼의 사유가 자신에게 있는 것처럼 여

겨지고 설령 상대와 재혼에 이른다 해도 아이 문제로 또다시 이혼할 수 있다는 두려움에 빠지는 것이다.

그리고 대부분의 홀몸남녀들이 가장 큰 자괴감을 느끼는 것은 이혼후 첫 재혼 맞선 자린데 그들은 자신이 왜 이곳에 어떻게 나와 있는지 조차 가늠하지 못할 정도로 혼란을 느낀다고 한다. 그만큼 이혼에서 재혼으로 건너는 강은 깊고도 풍랑이 세다는 뜻이다.

여담이지만 ,결혼정보회사에는 아직 법적으로 분리가 안된 잠재 이혼고객도 줄을 잇는다고 한다. 그들은 심리상담소나 법적인 기관을 가야 할때도 이곳을 찾아 신세 한탄을 하고 배우자를 비방하고 새로운 길을 열어달라고 채근하는 일이 적지 않다고 한다. 그정도가 되면 '영혼 매칭 중개사'라 자처하는 커플매니저 역시 손을 쓸수가 없다. 재혼은 법적으로 완전히 홀몸인 사람들만이 가능하므로...

다시 이혼 홀몸들로 돌아가 그들의 이혼사유중 단연 1위를 차지하는 것은 '성격차이'라 한다. 말이 쉽지 이말의 모호함은 겪어본 이는 다 알 것이다. 도대체 어떤 성격이 문제가 되며

재혼하면행복할까(개정판)

어떤 경우에 상대에게 위해를 가하거나 고통을 준다는건지 모호할 뿐이다. 차라리 도박, 상습폭행, 무시 같이 개념이 확실한 건 그렇지 않은 상대를 매칭해주면 되는데 성격차이만은 도대체 어떤 상대를 매칭해야 하는지 도무지 답이 서지 않는다는 것이다.

한 손에 달린 손가락도 길이와 크기가 다르고, 한 배에서 태어난 형제들도 성격이 다르며, 심지어 일란성 쌍둥이도 어느 정도는 성격차이가 있다. 이런 차이 때문에 이혼을 했다는 것은 아닐 것이고 결혼 전에 이미 내재되어 신경정신과 치료를 집중적으로 받아야 할 정도의 심각한 성격 때문이었다면 협의이혼까지 가지 않았을 것이다. 이미 이혼 전에 무슨 사달이라도 났을 것이며 대체적으로 소송이혼을 했을 것이다.

성격차이 때문이라면 성격이 달라도 결혼을 했을 그 무엇이 있었을 것이다. 성격이 좋아서 결혼했다는 말은 있어도 성격이 같아서 결혼했다는 말은 들어보지 못했다. 살다보니 성격차이 때문에 헤어졌다면 그 차이를 극복할 수 없을 정도로 부부간에 모순이 심화되었을 것이고 그 모순을 심화시키는 그 무엇이 있었을 것이다. 그 무엇이 무엇이었는지는 이혼 초반에는

29/185

재혼하면행복할까(개정판)

이혼 자체에 대한 분노돠 배신감 때문에 전혀 인식하지 못하고 있다가 세월이 흐른 후에 조금씩 그 정체를 스스로 알아가기 시작한다. 즉, 뒤늦게 오는 깨달음인 것이다.

　　성격차이라고 뭉뚱그려서 말하지만 그 속에는 가치관, 삶의 태도, 세계관, 상호간의 존재의식, 상대에 의한 자기정체성 미확보, 돈과 같은 물질에 대한 자기 손익관계, 가족갈등 이런 모든 것들이 내포되어 있는 것이다. 이런 것들은 결혼시작부터 자체적으로 어느 정도 모순을 갖고 있지만 그 모순을 불식시킬 수 있는 그 무엇이 있었기 때문에 결혼을 할 수 있었을 것이다 사랑해서 결혼했다고 하는데 하나님이 인간을 사랑하는 것이나 부모가 자식을 사랑하는 절대적 사랑이 아닌 이상 인간끼리 그 것도 남녀끼리의 상대적 사랑에는 반드시 사랑의 이유가 있다. 그 이유가 결혼생활을 하면서 소멸하거나 잔존 해 있다 하더라도 다른 갈등요소가 기존의 잔존된 사랑을 덮쳐버리면 함께했던 사랑의 이유는 방어력이 약해 사랑이 있었다는 그 사실 자체가 초토화된다. 그래서 이혼해야만　자신이 숨 쉴 수 있고 버틸 수 있다는 결론에 이르게 된다.
　　이제 막 이혼을 한 사람들을 만나 하소연을 듣고 있다 보면 밤이 새는 줄 모르게 전배우자, 그러니까 이제는 남이 된

어제의 남편/아내에 대해 원망을 쏟아내는 것을 보게 된다. 어쩌다 이혼사유에 대해 이야기가 자연스럽게 나오면 과거 피해 사례가 다큐멘터리로 방송되기 시작한다. 콧구멍이 두 개니 숨을 쉬었지 한 개 라면 숨 막혀 죽었을 거라는 것이다.

이야기를 듣고 있다 보면 반사회성 인격 장애자 정도인 전 배우자와 살지 않았나 의심이 될 정도다. 이런 의심은 그럼 뭣 때문에 그런 인격 장애자와 결혼을 했을까 하는 의구심을 불러일으킨다. 물론 거기에 대한 답변은 이미 마련되어 있다. '그런 사람인 줄 몰랐다'이다. 이 책임은 누가 질 것인가. 원초적 책임소재에서 벗어나기 위해 구체적인 사례를 쏟아낸다고 해서 그게 자신에게는 살풀이가 될 수 있을지언정 재혼에 있어서는 절대 도움이 안 된다.

이것은 일종의 '죄수의 딜레마'로 불리기도 하는데 ,[1] 상호

---

[1] 갑과 을이 공범 혐의로 체포되어 각각 독방에 갇혔는데 어떻게 하면 범죄사실을 발설하지 않고 형벌을 최소로 받을 수 있는가를 결정하는 게임이다. 검사는 갑과 을을 각각 따로 불러 범죄의 사실을 자백하라고 하면서 갑과 을 모두가 자백하면 적정 형을 받을 것이고 둘다 자백을 하지 않으면 증거불충분으로 비교적 가벼운 형벌을 받는다. 하지

협력을 통해 이익이 되는 상황을 만들지 않고 서로 믿지 못해 불리한 상황을 만드는 것이다. 동일한 지인들에게 두 사람 다 동일하게 상대방에게만 혐의를 씌우면 내 혐의가 가벼워지는 것이 아니라 둘 다 결혼생활 똑바로 하지 않았다는 혐의를 받게 된다.

자신의 결혼식에 참석한 지인들에게 자신의 무죄를 입증하기 위해 이전 배우자에게 혐의를 뒤집어 씌운다고 해서 배심원 격인 지인들에게서 혐의없음을 인정받는 것은 아니다. 다만 비탄과 분노에 몸을 떨고 있는 당사자 앞에서 '너도 뭔가 잘못을 했겠지'라는 말을 못하고 있을 뿐이다. 심지어는 부모형제마저도 핏줄이고 자식이기 때문에 일단은 무조건 감싸고 나서겠지만, 다른 한편으로는 자기 자식 형제도 부족한 부분이 있었을 것이라고 생각한다. 물론 내색은 하지 않을 것이지만 집안과

만, 만일 갑이 자백을 했는데 을이 자백을 하지 않는다면 갑은 풀려나고 을은 가중처벌을 받게 될 것이고 그 반대의 경우도 마찬가지라고 말한다. 이 경우 서로 신뢰하여 자백을 하지 않으면 서로에게 가장 좋은 결과를 가져오지만, 상대를 신뢰하지 못하기 때문에 대부분 둘다 자백을 하게 된다. 이것을 죄수의 딜레마((prisoner's dilemma))라고 한다.

재혼하면행복할까(개정판)

갈등이 생기면 '네가 그러니까 이혼을 했지'라는 비수를 부모 형제에게 맞을 위험도 내포하고 있는 것이다.

　이혼은 죄가 아니다. 그냥 상처인 것이다. 그 상처 때문에 고통스러운 상황은 스스로 감내해야 한다. 그러나 혼자서 삭히고 감내하기에는 그 상처가 개인에게는 너무나 엄청난 일이다. 그래서 이를 가슴에 묻고 있다가는 병이 나겠기에 핏줄이나 편한 지인들에게 심정을 토로하는 것이다. 그렇게라도 해야만 당장 숨을 쉴 수 있으니 말이다. 하지만 이것이 재혼을 하기 위해 만난 이성 앞이라면 문제가 달라도 크게 달라진다. 그부분은 이미 이혼을 겪어본 사람들은 다 아는 부분이거늘 새삼스레 신세한탄을 하고 전 배우자를 험담하게 되면 자신의 인격마저 의심받을 수 있다. 아무리 세상이 변해도 제일 먼저 보는 것은 상대의 인성이라는 것을 의식해야 한다. 비록 안좋게 헤어졌어도 그 상대의 입장이 돼보는 너그러운 모습을 보여준다면 새사람도 조금 더 자신의 문을 열고 다가 올 것이다. 편협하게 전 배우자의 험담이나 늘어놓는다면 새사람 역시 잘못해서 이별하거나 이혼한 뒤 똑같은 일을 당한다는 생각에 다가오지 못하는 경우도 있다는 걸 명심해야 한다.

재혼하면행복할까(개정판)

청춘의 사랑과 마찬가지로 홀몸 역시 사랑 재건에 따르는 비용이 든다는 걸 염두에 둬야 한다 아니, 더 써야 한다 첫결혼 때보다. 처녀 총각 때 먹고 마시고 자는 것과 다르기 때문이다. 사랑을 재건하기 위한 비용도 부담되거늘 하물며 재혼을 하여 가정을 재건축하려면 엄청난 재정이 필요하다. 재혼에 있어 돈은 크레바스(빙하의 균열로 인해 생긴 깊은 계곡) 같아서 사랑의 정상인 재혼에 이르기 전에 사랑을 흔적 없이 묻어 버리기도 한다. 사랑이 하얀 눈에 묻혀버리기만 하면 다행이지만 아주 치사하게 종결되는 경우도 있다. 이런식으로 재혼에 이르지 못하고 그저 연습게임만 반복되다 보면 자연히 지출되는 비용도 만만찮다는걸 알아야 한다.

이제 홀몸남녀중 누가 더 선택권을 갖는가 하는 문제인데 많은이들은 남자가 좋아서 따라다녀야 결혼이 이루어진다고 생각한다. 하지만 그것은 초혼때나 가능한것이고 재혼의 경우, 남자는 처음 한두번 구애를 했다가 거절을 당하면 곧바로 포기하는 경향이 많다고 한다. 홀몸이 가장 경계해야 할 것은 기존의 경험에서 구축된 경험주의다. 스스로 고정화된 사고의 틀을 깨지 않으면 어떤 안락한 조건도 만족할 수 없다. 선택도 마찬가지

재혼하면행복할까(개정판)

다. 짝을 향해 구애하는 것은 남자라는 ,초혼 이전의 고정된 사고에서 벗어나지 못한다면 홀녀들은 간택을 기다리다 세월만 보내게 된다.

데이먼드 모리스(Dasmond Morris)가 쓴 '인간 동물원' 이나 '털 없는 원숭이' 책에 의하면 수컷이 암컷의 마음을 사로잡으려 하지만 항상 선택과 결정은 암컷이 한다는 것이다. 또 리처드 래저러스(Richard S Lazarus)가 쓴 '감정과 이성' 이라는 책에서 보면 이성적이고 합리적인 사고는 감정 앞에서 손쉽게 허물어진다고 한다. 도박에서 제 아무리 냉철한 이성과 확률적 계산력이 뛰어난 사람도 판이 돌아가면서부터는 제어가 힘든 감정에 의해 이성과 계산력이 무너진다는 것이다.

그러고 보면 제 아무리 재혼생리상 합리적으로 생각해서 재혼이 어렵다고 생각되어도 만나다 보면 감정이 일어나고 그 감정에 의해 난관이라고 여겼던 장애들이 어느 순간 무너진다는 것으로 대입해 봐도 될 것이다. 그러한 일들이 벌어지려면 여성이 선택하고 결정해야 이루어진다.

표현을 저속하게 하자면 여자가 꼬리를 쳐야 우성남자를 얻을 수 있다는 말이다. 남자가 구애를 하여 여자의 마음을 얻는 것이 아니라 실은 여자가 치맛폭으로 남자를 감싸 버려야 하는 것이다. 홀몸 세계에서는 그래야만 여성이 우성 남성을 얻을 수 있는 것이다. 달리 표현 하면 여성의 모험적 '용기'와 '선택 결정'이 결실에 이르게 하는 모티브인 것이다. 왜 그런가 하면 홀몸 남자들은 겉만 남자이지 속은 여자보다 더 우유부단하고 생각과는 달리 추진력에 있어 여자를 따르지 못하기 때문이다. 이혼으로 인한 패배주의 의식이 깊고 그로 인해 조로(早老)현상 또한 심하다고 할수 있다.

흔히 사람들이 이렇게 말 한다. 남자가 환장하고 쫓아다녀야 되는 것이지 여자가 남자를 좋아해서 결혼하면 남자가 여자를 우습게 알기 때문에 사랑받기 힘들다고 말이다. 그건 초혼의 경우이고 재혼한 남자가 여자를 사랑하는 마음의 기본구조는 다른 것이다.

홀몸 남자의 끈기는 아예 없는 것으로 생각해도 무방하다. 아무리 마음에 드는 여성이라고 해도 한두 번 구애를 해 봐서 받아들여지지 않으면 바로 발길을 돌려 버린다. 결혼생활에 실패해 혼자 된 남자의 다리는 나무젓가락 보다 약하다. 소위 여자는 빼야 맛이라고 남자가 마음에 들어도 자신을 얼마나 사랑하는지 시험해 보고자 남자를 오래 서 있게 만들다가는 홀몸 년수만 늘린 뿐이다. 택배 아저씨도 한두 번 초인종을 눌러 나오지 않으면 가 버린다. 홀몸 남자는 우체국 등기우편 배달부가

재혼하면행복할까(개정판)

아니다. 그래서 여자가 재혼에 대한 시의적절한 결심을 굳히는 것이 필요하다.

① 나이

재혼은 고정관념에서 벗어나는 것이 아주 중요하다. 일례로 남녀의 나이 차이도 그렇다. 남자가 여자보다 나이가 어리면 어떠랴. 홀몸녀는 결혼생활에 자녀까지 출산양육을 해 봤으면 여성성에 모성애까지 갖추었고 아직까지 성적 매력을 상실하기는 커녕 성숙미까지 곁들었으니 이것은 짧은 치마에서 폭넓은 한복으로 바꿔 입은 격이다.

모성애를 갖춘 연상여성의 성적 매력은 남성 나이가 다소 많아야 한다는 전근대적 사고를 쉽게 무너뜨릴 수 있는 강력한 힘을 갖고 있다. 그 힘으로 결실이 이루어지면 양가집안의 침묵 속에서 결혼식을 올리게 된다. 한쪽이 초혼일 경우 정식 결혼식을 올리게 되지만, 연하 초혼남성과 결혼하는 경우 남자집안 쪽에서도 침묵, 여자집안 쪽에서도 침묵한 가운데 결혼식이 이루어진다. 결혼식은 조용할지라도 여자의 폭넓은 여성성과 남성의 패기 넘치나 철없음이 조화를 이루어 조금 요란한 가정

생활이 시작된다.

　해서 곧잘 커플 매니저들이 저지르는 실수중 하나가 만혼남과 이혼녀를 연결해주는 것이다. 서로 보완되고 상쇄될것이라 판단해. 하지만 그 어떤 결합도 해피엔딩을 보장해주지는 않는다.

　재혼시장을 들여다보면 대체적으로 남성이 나이가 들어갈수록 젊은 여자를 선호한다. 이럴 때는 생물학적 근간을 들이대는 것이 현상해석을 하기에 좋을 것 같다. 인간은 동물들과 달리 번식기에 의해 성적 시기가 지배당하지는 않는다. 대부분의 다른 영장류의 암컷들은 성적 활동기를 매달 찾아오는 배란기 전후의 짧은 시기로 국한시킨다. 월경주기의 다른 시기에는 수컷을 유혹하지 않고 수컷들도 암컷에게 관심을 가지지 않는다.

　반면 인간 여성들은 임신을 할 수 있든 없든 상관없이 아무 때나 성관계를 가질 준비를 갖추고 있다. 여성의 성 활동의 3/4이 생식과는 전혀 관련이 없다. 인간의 여성이 그러하거늘 남성은 종족번식이라는 측면에서 양육을 고려한 사회적 수명을 고려하지 않을 수가 없는 것이다. 이왕에 씨를 뿌리려면 우성

재혼하면행복할까(개정판)

인자를 얻기 위해 젊은 상대를 원하는 것이다. 어쩌랴, 인간의 생물학적 근성이 그렇고 우선은 시각적 끌림에 의존하기 때문이다.

재혼할 남녀가 일차적으로 탐색을 할 시기에는 내면이나 의식, 가치관, 세계관, 더 나아가 영혼 이런 비성적(非性的) 부분이 당장 눈에 들어오지 않는다. 아니 비성적 부분은 이미 프로필을 통해 알고 있다. 성적(性的) 측면을 실제 오감으로 확인하고자 하는 것이 맞선 아니겠는가. 소위 사진을 통해 받은 필을 실물을 통해 받을 수 있는가를 확인하러 가는 것이다.

남자의 경우 여자가 어리면 어릴수록 탐색의 최종단계를 그려 보는 흥분도가 높은 것이니 이런 생물학적 본성을 무조건 탓할 수는 없는 일이다. 여성 또한 남성의 이런 점을 무의식적으로 감지하고 있는 까닭에 되도록 제일 예쁘게 나온 사진을 프로필에 갖다 붙이고 선을 보러 나갈 때 변장에 가까운 화장을 하고 나가는 것이 아니겠는가. 상대에 대한 예의라는 여자의 화장에 대한 명분 속에는 암컷이 수컷을 유혹·조정하려는 동물적 무의식이 자리하고 있는 것이다.

이런 사랑의 생물학에 관하여 평생 연구한 사람이 있다. 데즈먼드 모리스(Desmond Morris)라는 학자는 그의 책 <머리

기른 원숭이>에서, 남녀가 만남에서 보이는 행동들은 종국적으로 탐색의 최종단계인 성적 측면에 도달하기 위한 자기과시라고 설명한다. 상대를 통한 우성인자를 얻기 위하여 자기과시를 하기 위해 여자는 화장을 남자는 경제력을 기본으로 전시하려고 하는데, 인위적 만남에서 자기과시 표출이 어색하자 파티, 춤, 그 밖의 다른 사회적 행위로 조작한다고 한다.

실제 결혼정보회사에서도 집단 파티를 통해 상대를 자연스럽게 탐색하는 기회를 마련하지만 재혼전문회사는 이를 좀 더 구체화시킨다. 왜냐하면 생물학적으로 초혼은 붙여놓지 않아도 생물학적 종족번식 메커니즘이 활성화되어 있는 시기이지만, 재혼은 종족번식보다는 사회적 결핍이 함께 결부되어 있다. 그 사회적 결핍에 포함되어 있는 것이 성적인 측면이고 이것이 먼저 통과되어야 다른 면을 선도하기 때문이다.

② 똘레랑스로의 전환

성격차이로 이혼을 했다고 주장하는 사람 치고 자기주장이 강하지 않은 사람은 별로 없다. 본디 성격이 유순했던 사람도 이혼은 강한 성격으로 만들어 버리기 때문이다. 특히 여성은 이 점에 있어 더욱 강화된다. 이혼녀로 세상에서 살아남기 위해서는 말이다. 태생적 기질이 있고 없고를 떠나서 이혼은 자기논리를 형성하게 만들어 버린다. 논리의 정합성이 있고 없고를 떠나서 자기주장이라고 하는 논리는 주변과 세상의 공격에 대한 자기 방어 기제인 것이다. 보는 사람에 따라서는 자기합리화로 비쳐질 수도 있겠지만 사람은 자기합리화를 하지 못하면 숨쉬기가 힘들다.

그게 체질적으로 버겁거나 맞서기 힘들면 자기가 자기를 공격하는 자기혐오감에 빠져 버린다. "그래 내가 못났어, 내가 바보고 다 잘못했어." 이렇게 자기비하를 넘어 자기혐오감으로 치달으면 우울증이라는 병이 담을 타고 넘어오려고 한다. 이를 사전에 막기 위해 무의식적으로 발동하는 것이 자기합리적 논리이다.

그 논리에는 감정이 실린다. 그 감정이라는 것은 담장에 박아놓은 쇠꼬챙이 유리조각 같아서 엄청 날카롭게 위험해 보인다. 시쳇말로 까칠하다고 표현한다. 이것은 어쩌면 자기 성찰을 시작하기 전에 거쳐야 하는 감정의 흐름일 수도 있겠지만 부부생활을 영위하고 있는 일반 사람들이 봤을 때는 겁이 날 정도로 성격이 강하게 비쳐진다. 상처 입은 짐승은 쉽게 이빨을 드러내기 때문이다.

재혼하면행복할까(개정판)

상처는 시간이 흐르면 자연 치유되기도 하지만 깊어지기도 한다. 상담치료를 받지 않고도 세월이 흐르면서 점차 자신을 되돌아보게 되고 전 배우자에 대해 이해를 조금씩 하게 됨으로써 사고의 틀이 넓어지고 부드러워지기도 하지만, 사람에 따라서는 상처가 덧나 철갑옷을 입은 듯 융통성과 유연성이 사라지고 타자에 대한 배려나 이해 따위는 찾아보기 힘들어지기도 한다. 그래야만 자신이 견딜 수 있기 때문이다.

자신의 상처가 제대로 치유되지 않은 상태에서 또 다른 상대방을 만나 또다시 헤어지기를 반복하다 보니 대중가수 심수봉 노래처럼 남자는 다 그래 여자는 더 그래 식으로 비뚤어진 관념이 고착화되어 간다. 상처로 인해 기이하게 형성·고착된 관념은 스스로를 고립시키고 냉소의 늪으로 빠트린다.내 생각만 옳고 너는 틀리다고 하는 자가당착적 관념. 결국 무인도에 고립된다. 고립되지 않으려면 나와 다르다고 해서 틀린 것이 아닌 단지 너와 내가 다름을 인정하는 훈련을 해야 한다. 그것이 프랑스어로 똘레랑스(tolerance)라고 한다. 인정을 넘어 관용으로 나아가는 것이 똘레랑스다. 재혼을 준비하는 홀몸들에게는 가장 먼저 준비되어야 할 부분이다. 이것이 있어야 사랑도 생기고 재혼생활도 잘 유지되기 때문이다.

재혼하면행복할까(개정판)

③ 가짜감정에 속지 말라

　사람은 누구나 자기 마음속에 아기가 있다. 아기는 배고프면 밥 달라고 울고 업어달라고 보채며 놀아주지 않으면 토라지고 장난감을 사주지 않으면 투정을 부린다. 이 아기에 의해 자신이 좌지우지되는 강도가 약할수록 감정의 기복이 심하지 않은 사람이며 자기성찰과 자기통제가 강한 사람이다. 정신분석학자들의 용어인 이드(id), 자아(ego), 초자아(super ego), 의식, 무의식 등 학문용어를 동원하여 분석하지 않더라도 그냥 외양상 나타나는 언행이 아기 같다 또는 어른스럽다 이렇게 표현하면 되는데, 어른스러운 것은 마음속 아기를 성찰로 다스려서 그렇지 아기 자체가 없는 것은 아니다. 아기를 보상심리 덩어리 또는 욕망 덩어리로 달리 표현해도 되겠고 상처 덩어리로 말해도 되겠다. 아기는 미성숙하며 즉자적이고 즉물적이고 사회성이 아직 부족한 상태다. 정신분석학에서 보면 이드(id)에 해당한다.

　새로운 사람을 만날 때 이혼으로 엄청나게 토라져 있는 마음속 아기를 스스로 다스리지 않은 상태라면 그 관계는 지속되기 어렵다. 자신의 본래 모습을 제대로 보여주기도 힘들고 원만한 관계발전도 이루기 힘들다. 상대방은 결코 내가 상대를 바라보는 곳에서 나를 바라봐 주지 않기 때문이다.

그런데 사람들은 이렇게 말한다. 사람에 의한 상처는 사람으로 치료하라고 말이다. 전 배우자에게서 상처를 받았으니 그 상처를 치료할 사람은 새로운 사람이고 치료할 약은 사랑이라고 말하는데 정말 그럴까? 사랑하라 한 번도 상처입지 않는 것처럼 사랑하라는 시를 자주 인용하면서 말이다.[2]

> Love, like you've never been hurt.
> 사랑하라, 한 번도 상처받지 않은 것처럼
> Dance, like nobody is watching you.
> 춤추라, 아무도 바라보고 있지 않은 것처럼.
>
> Sing, like nobody is listening you.

---

[2] 시인 류시화가 소개한 위 시는 작자가 알프레드 드 수자(Alfired De. Souza)라고 전하지만 작자 미상이며 알프레드라는 사람 역시 시를 인용한 것으로 보인다. 미국 소설가 마크 트웨인(Mark Twain)도 이런 문구를 인용하였다고 한다. "Dance like nobody's watching; love like you've never been hurt"

노래하라, 아무도 듣고 있지 않은 것처럼.

Work, like you don't need money.

일하라, 돈이 필요하지 않은 것처럼.

Live, like today is the last day to live.

살라, 오늘이 마지막 날인 것처럼

재혼시장에서 회자되는 이 문장은 선언적 의미를 지닌다. 상처에 의해 생긴 두려움이나 경계심을 버리고 다시금 처음처럼 시작하라는 의미로는 아주 적합하다고 할 수 있겠지만 상처부터 치유한 다음 선언하면 어떨까. 곪아 있는 상처가 그대로 내재된 상태로 선언만 한다고 해서 될 문제도 아니고, 둘다 상처가 남아있는 상태에서 만난다면 지옥같은 시너지만 낼 뿐이다.

다행히 건강한 사람을 만났다 해도 내가 아직 건강하지 못한데 어떻게 상대방이 나에게 사랑이 생기겠는가. 전 배우자에 대한 미움도 미련도 남아 있지 않은 상태가 되었을 때 새로운 사람을 만나 한 번도 상처받지 않은 것처럼 사랑할 수 있는것이고 이렇게 자연치유가 될 때까지는 긴 세월이 필요할 것이다.

이혼으로 생긴 상처가 아물기 전 당장 외롭기 때문에 새로운 사람을 만나 설혹 사랑한다는 감정이 생성된다 하더라도 그 감정은 위험한 가짜감정에 불과하다. 가짜라고 해서 사기감정과는 다르다. 사기감정은 목적을 달성하기 위해 의도적으로 지어낸 거짓이지만, 가짜감정은 자신의 감정이 진짜라고 믿고는 있으나 건강하지 못한 것을 말한다. 허약하며 쉽게 부서지며 극히 불안하다. 현재 결핍된 욕망과 정신적 허기를 당장 채워주지 않거나 원하는 방식과 결과만큼 상대로부터 채워지지 않으면 전 배우자와의 이혼과정에서 배양되고 이혼 후 자신이 숙성보관하고 있는 감각이 투사되어 날카로운 손톱을 세우게 된다.

④ 감정정리의 필요성

재혼업계에 종사하는 사람들 즉 짝을 이어주기 위해 대상을 타자의 냉정한 시각에서 바라보고 있는 사람들이 하는 말이 있다. 자기 정리가 된 다음 사람을 만나라 하는 것이다. 이 말은 여러 가지 의미가 포함되어 있겠지만 전배우자에 대한 관계 정리뿐만 아니라 복잡미묘한 감정정리와 함께 자기상처치유가 된 후 새로운 배우자를 만나야 건강한 만남을 가질 수 있다는 말이다. 실제 함께할 궁리에 들어가게 되면―재혼시장에서는 이 단계를 본게임이라고 하고 각론이라고 한다. 반면에 남녀가 만나 필 받을 때 그 단계를 총론이라고 표현한다—감정의 진위 여부는 쉽게 판가름 난다.

감정만 정리 안 된 것이 아니라 실제 전 배우자와 관계 청산도 정리되지 않은 채 재혼시장에 나온 사람들이 얼마나 많은가. 위자료 문제, 주택, 아이 면접, 양육비 등등 이러저러하게 같이 살면서 얽히고설킨 부분들이 채 정리되지 않아 전남편이 찾아와 난리치고 전처를 만나서 한바탕 싸우고 오는 경우도 종종 있을 것이다. 이런 상태에서야 어디 새사람을 맞이하겠는가. 새로 만나는 사람에 대한 예의가 아니다.

심지어는 새 사람을 전 배우자의 그늘 속에 들여놓는 경우도 있다. 그것은 사랑이라는 말을 쓸 뿐이지 새사람을 이용하는 것이다. 전배우자와 살았던 만큼 쌓여 있던 것이 많을 텐데 그것을 정리하는 것이 이혼했다고 컴퓨터 포맷하듯이 싹 정리되겠는가. 하지만 적어도 정서적 미정리는 그렇다 치고 생활과 관계되는 것만이라도 자기 정리가 되어 있어야 하지 않겠는가? 흔적이 남아 있지 않을수록 새롭게 출발하는 데 걸림돌이 적은 것이다. 그래서 재혼이 새혼이 되기 위해서는 자기 정리가 깔끔히 돼야 한다.

하지만 사람의 기억을 포맷하지 않고서야 완전무결하게 지울 수는 없는 일이다. 더구나 전배우자 사이에 자녀가 있다면

재혼하면행복할까(개정판)

부득이 연락을 취해야 할 경우가 있겠지만 적어도 새 사람 앞에서 자기정리가 된 말이 자연스럽게 나와야 한다. 특히나 이혼사유가 성격차이라고 내세운다면 심리적 정서적 감정들을 끌고 가서는 안되고 털고 가야 한다. 여전히 전배우자에 대한 애증이 펄펄 살아 숨 쉬고 있는데 새사람을 만난다는 것은 새로운 사랑을 만들고 있는 것이 아니라 실은 자신의 들끓는 감정을 일시적으로 마춰시켜 줄 희생양을 만들고 있을 뿐이다.

누가 정리 안 된 그 감정의 희생양이 되려고 하겠는가. 그대가 새로 만난 사람에게서 아직도 전 배우자에 대해 복잡미묘한 감정들이 널뛰기하고 있는 것이 감지된다면 그대는 머물 수 있겠는가. 열 명이면 열 명 다 뒤돌아 가버린다.

⑤ 자녀는 폭탄인가

재혼시장에서 통용되는 전문 은어(隱語)들이 많은데, 그중 하나가 자녀를 폭탄으로 비유하는 것이다. 앞서 '사별'편에서도 언급했지만 이제 본격적으로 자녀문제를 파고들어가 보자. 예를 들어 딸이 한 명이면 무사통과되어 아무런 은어도 없고, 딸이 두 명이면 콧등 긁기, 아들이 한 명이면 수류탄, 아들 둘이면 폭탄, 아들이든 딸이든 자녀가 셋이면 원자폭탄이다. 전문용어들이므로 설명을 하면, 재혼대상으로 상대방 자녀를 고려할 때 딸이 한 명 있으면 그 정도는 수용할 수 있다는 것이고, 딸이 두 명이면 이거 참 하면서 콧등을 손가락으로 긁으며 고민을 좀 해 본다는 것이며, 아들이 한 명이면 폭탄 중에 수류탄 정도이고, 아들이 두 명이면 대포알 정도의 폭탄이며, 아들 딸 구별 없이 자녀 셋이면 무시무시한 원자폭탄과 같다는 뜻이다.

정부가 적극적으로 출산을 권장하고 다자녀 가구에 대한 혜택도 있건만 재혼시장에서는 혜택은커녕 재혼회피대상인 것은 숨길 수 없는 사실이다.

알음알음 재이혼한 사람들 이야기를 들어보면 자녀문제가 큰 비중을 차지하는 것이 사실이다. 이 말은 자녀가 없어야 재혼이 쉽고 재이혼을 안 한다는 말이 아니다. 자녀가 몇 명이 되고 성비가 어떻든 남녀가 재혼을 하기 위해 구체적 사안으로 들어가게 되면 부딪치는 것이 자녀 문제라는 것이다. 자녀 문제에 대해 인식과 마주하는 방식 그리고 재혼가정이라는 특질을 사전에 상호 토론하고 이해하지 않으면 정말 힘들게 구성된 재혼가정이 흔들릴 수 있다.

반면에 자녀는 미약할 수밖에 없는 사랑을 묶어주는 고리 역할을 하기도 하고 다른 면이 마음에 들지 않더라도 자녀 때문에 재혼을 하고 재혼생활에 윤활유가 되기도 한다. 남녀가 새롭게 만나 서로에 대해 확신이 서지 않는 상태에서 자녀들의 한마디는 결정적인 계기를 만들어버리기도 한다. 가령 교제를 하고 있는 사람이 여러 가지 부족한 점이 있어 결정을 미루고 있는데, 그 과정에서 만나게 된 자녀가 상대방을 잘 따르게 되면 당사자의 마음은 재혼 결정 쪽으로 확 기울어 버린다.

자녀의 느낌과 판단 그리고 행동은 재혼부부가 얼마나 재혼생활에 지혜와 인내를 가지고 충실했으며 노력했는가를 가늠하는 정교한 저울과 같다. 그러니 재혼가정을 잘 유지하고 성공한 재혼을 하려면 재혼 후 자녀문제에 대해서는 재혼가정을 연구하는 단체나 가정상담사를 반드시 찾아가 지속적 상담을 하는 것이 좋을 것이다.(이미 재혼을 하였고 자녀문제에 대해 방향성을 찾고 싶다면 가정상담을 전공한 김번영 저 <재혼코칭>이라는 책을 권한다)

홀몸들이 재혼시장에서 만나든 교회나 절에서 만나든 오다가다 만나든 지인을 통해서 만나든 상대방 조건을 생각하지 않을 수 없는 일이다, 조건이라고 해 봐야 직업 경제력 그리고 자녀다. 그런데 입 딱 다물고 안 물어보며 각자 혼자서 생각하는 조건이 있다. 그것이 바로 상대방 자녀문제다. 상대방이 자녀를 양육하고 있는지 전배우자가 양육하고 있는지를 이리저리 재보는 것이다.

어떤 남자는 자신이 자녀를 양육하고 있지 않기 때문에 여자가 좀 더 편안하게 자신에게 다가올 것이라고 여기지만 그것 또한 여자의 속을 자가 마음대로 판단하는 것이다. 여자는 남자가 자녀를 양육하고 있다고 해서 영원히 그럴 것이라고 생각하지 않는다. 반대로, 남자의 전배우자가 자녀를 양육하고 있더라도 혹시 전배우자가 사망할 경우 어쩔 수 없이 자신의 핏줄을 데려올 수밖에 없지 않겠는가. 그럴 때 어떻게 할 것인가 하는 생각까지 하기도 한다. 또 남자가 무책임하게 여자에게 아이들을 다 맡겨 놓고 자신은 다른 여자를 찾는다고 비난하기도 하며, 그 때문에 오히려 자녀를 양육하고 있는 남자를 선호하기도 한다.

여자가 자녀를 양육하고 있지 않다고 해서 남자가 좋아할 것이라고 여기면 이것 또한 오산이다. 재혼시장에서 집단으로 모꼬지를 갖는 경우가 있는데 그런 자리에서 각자 자신의 간략한 신상을 밝히고 어떤 사람을 원하는가 하는 이야기가 자연스럽게 나온다. 그때 한 남자는 생각 없이 이런 말을 내뱉고 말았다. 필자가 또렷하게 기억하는 그대로 기재해 본다.

"나는 말이오, 여자가 자녀를 키우지 않으면 말이오, 그 여자 뭔가 문제가 있는 여자라고 생각 돼서 싫소."

자녀는 의당 엄마가 먹이고 입히며 키워야 한다는 것이 고정관념이고, 그 고정관념에서 벗어나 있는 여자는 모성애나 결혼생활에 문제가 있다는 이야기며 고로 상대가 자녀양육에 적합하지 않아 전배우자가 키우고 있다고 해석하는 것이다. 남자가 아이들을 키우기 힘든데 여자가 얼마나 형편없었으면 그러겠냐는 뜻으로 여자를 판단하는 것이다.

이런 판단을 인식론에서는 고착관념에 의한 자의적 해석이라고 말한다. 쉽게 표현하면 순전히 자기식 판단이다. 이것은 자기의 주관적 판단을 보편적 판단의 근거로 삼는 판단기준의 전도에 불과하다. 그리고 고착된 관념이 보편적 판단이라고 하는 근거도 전혀 없다.

반대로 여자가 아이들을 양육하는 경우, 남자는 아이들을 보고 싶은데 전처가 재혼을 해 버려 친부를 보는 것이 아이들 정서에 이롭지 않다하여 보여주지 않는 경우도 있고, 악감정이 고스란히 남아 있어 의도적으로 보여주지 않는 경우도 있다 이럴 때 남자는 미친다. 직장을 다녀야 하기 때문에 부모님들이 아이들을 돌봐 줄 수 있는 형편이라면 다행인데, 그렇지 못한 경우 지갑에 넣어둔 아이들 사진만 만지작거리며 술잔을 기울인다.

필자가 수없이 느끼는 것이지만 양육자녀 유무를 두고 사람을 평가하는 것은 극히 자제해야 한다. 각기 다 항거할 수 없는 현실의 옷자락에 휘감겨 있기 때문이다. 각자 다 사정이 있고 형편대로 자녀 양육이 이루어지는 것이다. 이혼 그 자체도 깊은 상처인데 거기에 자녀 양육 부분을 가지고 가볍게 평가를 하려고 하면 절대 안 되는 것이다. 언어학자 비트겐슈타인의 말처럼 모르는 지점에서는 침묵해야 하는 것이다.

⑥ 서로의 경제력

재혼을 결정짓는 다른 어떤 요소보다 경제력은 가장 고려되는 부분이라고 할수 있다. 아직 경제활동을 할 연령의 초혼이라면 장래 얼마나 돈을 벌 수 있을지 가늠하는 잠재력이라고 표현하겠으나 경제 활동 능력이 상실되어 가는 황혼에 다가갈수록 그냥 '돈'이라고 말한다.

그래서 여필종부(女必綜不)라는 말이 있다. 사전에 등재되어 있는 고사성어가 아니다. 재혼전선에 나선 지 오래된 여성은 익히 알겠지만 이제 막 재혼시장에 들어선 여성들을 위해. 해석하자면 재혼할 '여자는 반드시 종합부동산 소득세 내는 남자를 만나야 하느니' 그런 뜻이다.

초년이혼일수록 내세우는 것이 '사랑이여 다시 한 번'이다 그러므로 사랑할 남자가 돈도 있기를 바라는 것이지 사랑과 돈이 배척 관계는 아니다. 문제는 사랑과 돈 둘 중의 하나만 있다는 것이다. 이런 현상을 여성들은 이렇게 집약적으로 표현한다.

"참말로 아깝데이… 남자는 참 괜찮은기라. 성실하고 심성도 착하고 여자 위할 줄 알고 다 좋은데 가진 게 없는기라."

이 말을 들은 다른 여성은 이런 말을 한다.

"아이고 내가 만난 그 남자는 돈 좀 있다고 여자 알기를 얼매나 우습게 아는지 지가 돈 있으면 황제가? 그라고 그런 남자는 그 돈 절대로 여자 안 준데이. 그래서 내사마 포기하고 말았다 아이가."

초혼에 있어 남자의 돈은 결정적 요소가 되지 않는다. 미래가 있기 때문이다. 그러나 재혼에 있어 남자의 돈은 여자가 재혼 결정을 하는 데 정말 결정적이다. 남은 생산기간이 짧을수록 경제적 결정력은 그 모든 것에 우선한다. 사랑의 감정도 경제력에 의해 생성되고 사멸한다. 이렇게 단정적으로 말하면 반론도 있겠으나 반론을 증명할 만한 사람은 재혼시장에 극소수일 것이다.

그리고 이제 경제활동의 주체가 반드시 남자여야 할 필요가 없는 시대가 되다보니 돈을 버는쪽이 굳이 남성에 한정되지는 않는다. 그 말은 여성도 경제력이 필요조건일 때가 있다는 말이다.

이렇게 장황하게 말하는 까닭은 초혼이 아니고 재혼이기 때문이다. 재혼이 초혼과 다르지 않다고 어느 결혼정보회사 광고 문구에서 본 듯한데 그건 광고카피에 불과할 뿐이다. 초혼은 초혼사랑이 있는 것이고 재혼은 재혼사랑이 생성되는 메커니즘이 따로 있는 것이다.

우리 속담에 '가난이 담 넘어 오면 사랑은 대문 열고 나간다'고 했다. 젊었을 때 만나 뜨겁게 사랑하여 결혼하여 자식 낳고 산 부부도 경제적 어려움을 이겨내지 못하고 결국 이혼을 하는 경우가 얼마나 많은가. 경제 파탄으로 이혼을 한 경우일수록 재혼을 할 때 상대방의 경제상태를 최우선으로 둔다. 속물이라고 욕할 것 없고 탓할 것 없다. 배 고파 보지 않은 사람이 어떻게 배고픈 사람의 그 절박한 심정을 알 것인가.

사람이 살아가는 데 건강, 정신, 가치 여러 가지 중요한 것이 많지만, 가장 밑바닥이 제일 먼저 충족되어야만 상위 단계의 삶의 욕구들을 충족할 수 있는 것이기 때문에 경제문제는

재혼하면행복할까(개정판)

여러 조건에 있어 우선이다. 특히 재혼이 유형·무형·물적·영적으로 나뉜다면 유형·물적 부분에 있어 경제부분은 만남에 있어 근본 판단자료다. 남녀가 일단 만나야 그 다음에 서로 이해하고 감정이 생기고 부족한 부분을 어떻게 해결할 것인가 고민을 할 것이 아니겠는가. 이러든 저러든 포도원을 먼저 가꾸는 것이 먼저다.

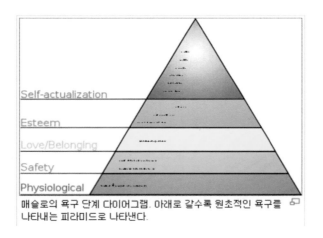

매슬로의 욕구 단계 다이어그램. 아래로 갈수록 원초적인 욕구를 나타내는 피라미드로 나타낸다.

심리학자 매슬로우의 욕구 5단계론(Maslow's hierarchy of needs, 인간의 욕구가 그 중요도에 따라 일련의 단계를 형성하는데 의식주 등 생리적 욕구가 충족되었을 때에만 다음 단계의 욕구인 안전, 애정, 존경, 자아실현 욕구로 이전한다는 이론)은

재혼하면행복할까(개정판)

재혼에 이르게 하는 감정생성과 결정에 그대로 응용해 볼 수 있다.

사람에 따라서는 고려 단계를 파격적으로 뒤바꾸는 경우도 있을 수 있겠으나 보편적으로 형성되는 만남과 감정 생성 단계는 크게 잘못되지 않았을 것이다.

⑦여성의 외모

뭐니뭐니 해도 남자에게는 머니(money)를 최고로 치고 여자에게는 미모가 최고라는 통념이 지배적이다.

그런데 이 통념이 지배적이라 해서 이것만 믿고 목에 힘을 주었다간 재혼은 커녕 세월 다 보낼 위험성이 크다. 초혼이 아니기 때문이다. 예쁜 여자와 살아보지 않은 남자라면 모르겠으나 이미 초혼에서 예쁜 여자와 살아 봤던 남자라면 문제가 달라진다. 남자들이 재혼시장에 나와 후회하는 것 중 하나가 여성들이 전처보다 외모에서 떨어진다고 판단되는 부분이다.

여성이 사랑에 대한 감성이 초혼 전으로 회귀한다면 남성은 여성의 미모 기준이 회귀한다. 시각이 옛날 초혼 전처를 만날 때의 시점으로 회귀되는 것이다. 이런 남성 회귀 감각을 모른 채 다른 여성에 비해 상대적으로 외모가 낫다고 여성이 자기 나르시스적 리비도(Libdo)에 빠져 있으면 곤란하다.

"남자는 경제력, 여자는 외모가 기본이 아닌가요?"

맞선을 보는 동안 이리저리 대화를 하다가 여자가 남자에게 당당하게 이런 말을 하는 경우가 종종 있다고 한다. 미모에 아주 자신 있는 여자다.

"쳇 ! 지가 양귀비가? 뭐? 전세라도 좋으니 드레스룸 딸린 사십 평형대 아파트로 이사할 수 있냐고? 체라 마. 내가 재혼해서 여자 모시고 살 일 있나?"

여자가 당당하게 내뱉은 남자 여자 기본 부분은 진화심리학을 말하는 것 같다. 진화심리학에서는 배우자의 조건으로 부자 남자, 예쁜 여자를 이렇게 설명한다.

"남자는 젊고 예쁜 여자를 좋아한다. 진화심리학에서는, '아름다움은 다산의 척도'로 여겨지기 때문에 예쁜 여자일수록 종족보존능력이 뛰어나다는 것이다. 그래서 남성의 구혼을 많이 받게 된다고 한다.

여자 또한 보다 우수한 유전자를 갖고 있으면서 자신과 자식을 보호해 줄 수 있는 강한 수컷을 원했다. 그러기 위해서는 수컷을 유혹할 미끼가 필요했다. 한

설명에 의하면 그것은 바로 아름다움이었다. 아름다움은 성적 매력을 높이고, 이러한 성적 매력은 종족보존에 유리하기 때문에 여성들은 이것을 진화시켜 왔다. 즉 이 설명에 의하면 여성의 아름다움은 여성 자신을 위해 진화한 것이지, 결코 남성들을 위해 만들어진 것은 아니다.(박지영, <유쾌한 심리학>, 583면)

사람들은 생각한다. 잘 생긴 사람들은 잘 생긴 만큼 좋은 성격을 갖고 있을 것이라고 말이다. 심지어는 잘 생긴 만큼 건강할 것이라고도 생각한다. 이걸 심리학에서는 후광효과(Halo effect)라고 한다. 물론 다 맞지 않고 고정관념이긴 하지만 서글픈 것은 사람들이 모두들 그렇게 생각한다는 것이다.

외모에 자신 없는 젊은 여성은 나이로 커버하려고 할지도 모른다. 아직 젊으니 외모는 평범하더라도 나이든 예쁜 여자보단 나을 것이라고 말이다. 그러나 천만의 말씀이다. 연구에 의하면 젊지만 평범한 여자 보다는 나이 들었지만 예쁜 여자를 선호한다는 연구결과가 있다. 예쁜 여자를 선택함으로써 자식이 더 예쁘게 태어나 삶을 잘 살 수 있을 것이라고 남자들이 생각한다는 것이 연구자들의 설명이다. 그러나 현실에서 나

59/185

타나는 현상은 기대대로 되지 않는다. 마음만 갖고 되는 것이 아니다. 상대할 남성은 초혼 남성이 아니고 재혼을 하려는 남성이기 때문이며 나름대로 외모 외 다른 면을 신중히 고려하는 깊이가 있기 때문이다. 그러니 여성이 외모에 자신 있다고 남자가 무조건 꽃 들고 쫓아 다닐 것이라고 과신하지 말아야 하며 평범하다고 해서 기 죽을 일 하나도 없다. "

여성의 미모는 탐색을 유도하는 동인이 되고 그 동인은 성적인 요소로 이끌어 가도록 하는 리비도의 힘은 있을지언정 그 이상 재혼이라는 삶에 있어서 어느 정도 기여를 하는지는 알 수 없다.

성적 외피에 의한 사랑은 재혼 삶 전체 요구(demand)를 충족시키지 못하고 욕구(need)만 충족시킬 것이다. 요구는 추상적인 것에 반해 욕구는 구체적인 것이다. 그래서 그 차이에는 항상 차액이 남아 뭔가 허전함, 불안함, 결핍감이 남아 시달리게 될 것이고 끝없이 욕망 속을 헤매게 될 것이다.

조건이 살아 있는 생물과 같은 것이라 언제 어떻게 변화될지 모르는 것이라면 외피는 당연히 리비도의 힘을 소멸해 갈 것이다. 그때 가서 무엇으로 서로 손을 잡게 할런지 생각의 호

흡을 길게 하지 않으면 재혼을 했다 하더라도 그 결속력이 오래 가지 못할 것이다. 물적 조건과 외피만 맞추고 재혼한 사람들 치고 오래 가는 경우를 본 적이 없다.

비약된 논리겠지만 돈과 미모를 권력화하면 그 권력에 의해 수혜를 입을 수 있다는 계산이 따라야 추종을 할 것이다. 허지만, 초혼이 아니라 재혼을 위해 나선 사람들은 돈과 미모의 권력을 따라봤자 얻을 것 없다는 생각을 하고 있어 그것들을 지나치게 권력화하여 교만을 부리려 하면 결국 파투가 나고 만다.

이래저래 재혼은 무지막지하게 힘든 것이다. 그러니 행여이 책을 읽는 사람 중에 이혼을 생각하는 사람이 있다면 간청한다. 정히 극복할 수 없는 것이라면 과감히 이혼하시라. 그러나 백 번을 노력해 보고, 그래도 안 되면 이혼을 하고 이렇게험난한 재혼시장에 나오시라고 말이다.

3. 재이혼을 막기 위한 노력

재혼시장에 상용화 되어 있는 이런 문구가 있다.

'불행 끝 행복 출발'

재혼시장에서 사람들이 가장 소망하는 문구다. 또한 이렇게 직접적 표현은 하지 않더라도 심정적으로 재혼이 그동안의 불행을 종식시키고 행복을 가져다 줄 것이라는 믿음 또는 최소한의 희망이 있는 것이다. 사실, 이런 희망이 없다면 누가 재혼을 하려고 하겠는가.

그런데 재혼을 하면 그동안 홀몸으로서 받았던 모든 서러움과 어려움이 탈피되고 행복이 시작되는 것일까?. 이런 의문이 드는 것은 필자가 몇 년간 재혼 결혼식에 참석한 커플 중 온전히 재혼생활을 유지하고 있는 사람들은 불과 몇 쌍밖에 되지 않기 때문이다. 이를 퍼센티지로 따지면 재혼유지율이 채 20프로를 넘지 않고 나머지 80% 정도는 재이혼을 하였다. 그것도 재혼 후 일이 년 안에 말이다.

이런 수치가 필자가 개인적으로 추적 관찰할 수 있는 시야 안에서만 해당하는 결과라면 모르겠으나 해외나 국내를 막론하

재혼하면행복할까(개정판)

고 높은 재이혼율을 보였다. 특히 북미의 경우 재혼커플 중 60 가 재혼 2 년 안에 재이혼을 한다고 한다. 한국의 경우 재이혼 통계를 통계청에서 따로 조사발표 하고 있지는 않지만 가정법 원 관계자나 재혼전문회사 등에서는 재혼 커플의 70% 이상이 재이혼을 한다고 추정한다.

재이혼이라는 단어가 생소할 수도 있겠다. 이혼 후 재혼하였 는데 또다시 이혼한다는 말이다. 좀 더 실감나게 표현하자면 이혼 사별 등으로 홀몸이 되어 외로움과 불안의 나날들을 보내 다가 새로운 사람을 만나 재혼을 하였다. 불행 끝 행복 출발을 하였는데 또다시 이혼을 한다는 말이다. 그게 재이혼이다.

더 암울한 것은 공식적으로 커플을 선언하고 당당히 혼인신 고를 한 재혼부부 중 재이혼율이 이렇다는 말이다. 비공식적으 로 그냥 동거형식으로 합쳤다가 다시 헤어지는 경우까지 합하 게 되면 문제는 더 심각해진다. 재혼을 희망하는 사람들에게는 낙담스런 현상이겠지만 실제 그런 것을 어쩌란 말인가.

이런 재혼에 대한 불편한 진실은 결혼정보회사에서 홍보하 지 않는다. 재혼회사에서는 어떻게 해서든 재혼만 성사 시키면 되는 것이고, 재혼당사자 또한 재이혼을 염두 해 두고 재혼을 하는 사람은 없기 때문이다.

그토록 외로움에 몸부림치다가 재혼을 하였건만 재혼생활을 유지하지 못하고 재이혼을 하고 또 다시 재혼시장의 미아로 전락하여 떠돌아다니는 사례는 흔하다. 홀몸들은 같은 처지라는 이유로, 홀몸 생활의 고충을 이심전심 이해 한다는 이유로 어울리게 되고 지인을 형성하게 되는데 그 중 한명이 재혼을 하게 되어 축하를 해 주고 나서 얼마 지나지 않아 재이혼을 한 사실을 알고 난 후에는 곧잘 이런 이야기를 한다.

" 한번 이혼하는 것이 어렵지 두 번 세 번 이혼 하는 것이 어렵겠어?"

심정적 차원에서 재혼에 임하는 자세가 초혼처럼 진중하지 못했다는 것이다. 또 조건적 차원에서 해석하는 사람들도 있다.

"둘 사이에 애가 있는 것도 아닌데 헤어지는 것이 어렵냐."

이렇게 남의 일이니 가볍게 평가하는 경우도 있고 타산지석으로 삼아 자신에게 대입하여 생각하는 사람은 이렇게 말한다.

"너무 성급하게 재혼을 하더라."

이렇게 재혼실패의 사례는 아직 재혼에 이르지 못한 여러 사람에게 재혼에 대해 허무주의와 냉소주의 정서를 형성하게 된다. 이런 정서가 전염됨으로서 아직 재혼에 이르지 못 한 홀몸들이 더욱더 몸을 사리게 되는데 지대한 영향을 미치는 것이다.

도대체 왜 이렇게 재이혼율이 높은 것일까? 나이 육십이 넘어 황혼재혼을 한 경우 재이혼율이 90% 이상으로 더 높다고 한다. 왜 그럴까? 하루 멀다하고 나오는 결혼정보회사 광고에는 재혼만 하면 홀몸의 어려움이 한꺼번에 사라질 것 같은 환상이 들게 만드는데 말이다. 이렇게 높은 재이혼율에 대한 원인문제를 생각 하지 않고서는 어느 홀몸이라도 재혼을 한다고 해서 자신이 재이혼 그룹에 속하지 않는다는 보장을 할 수 없을 것이다.

그런데 필자는 아주 특이한 현상을 관찰 할 수 있었다. 재이혼을 안 하고 그럭저럭 생활을 유지하는 삼혼(세 번째 결혼)의 경우가 그렇다. 필자가 관찰 한 삼혼의 경우 다시 헤어지는 경우를 본 적이 없다는 것이다. 이 역시 통계기구가 조사한 것이 아니라 필자의 관찰범위 내 현상이지만 재혼의 이혼율 70%와 비교 해 봤을 때 재혼과 삼혼 사이에 뭔가 중요한 것이 있지 않겠는가.

재혼하면행복할까(개정판)

즉 재혼에서는 미처 깨닫지 못하고 있었고 대처하지 못했던 그 무엇 때문에 재이혼을 하였지만 삼혼에 이르면서 그 무엇에 대한 오류시정을 한 것이 아닌가 하고 생각되는 것이다. 역으로 그 오류부분을 재혼시절 알았더라면 재이혼으로 가지 않았을텐데 하는 아쉬움이 드는것도 사실이다..

웃자고 하는 소리로 이혼은 인내심 없는 사람이 하는 것이고 재혼은 기억력 나쁜 사람이 하는 것이라는 말이 있는데 이혼을 인내심 강도로 바라보는 것은 동의 할 수 없지만 재혼은 기억력이 없는 것으로 표현하는 것은 여러 가지로 생각 해 볼 필요가 있어보인다.

재혼을 하는 사람들은 요란하지는 않지만 내심 전배우자 보란 듯이, 비로서 자신에게 맞는 짝을 찾은 듯 흐뭇한 표정으로 재혼을 선언하고 재혼 생활을 시작한다. 그러던 사람들이 일이 년이 채 못돼서 어느 날 슬그머니 소식이 끊어지고 건너서 들어보면 재이혼을 한 사실을 확인하게 된다. 확인을 위해 전화를 걸어 보면 대부분 얼버무리거나 재이혼 사유에 대해서 구체적으로 말하지 않는다. 초혼은 짝을 잘못 만나 고생만 하다가

실패한 것이고 재혼은 자기에게 맞은 짝을 찾았기 때문에 한 것인데 왜 또다시 재이혼을 하는 것일까? 기억력이 나쁘거나 아니면 기억력이 좋다고 착각했었기 때문은 아닐까.

정상적인 결혼생활을 하고 있는 사람들은 전혀 모르겠지만 재혼시장 미아가 되어 헤매고 다니는 사람들이 너무 많다. 미아가 된다는 것은 길을 못 찾기 때문이다. 길을 못 찾는 것은 자신이 걸어온 길을 기억하지 않거나, 자신이 서 있는 곳이 어디인지 위치 확인을 않거나, 자기를 평가절상하는 자신감이 넘치거나, 잘 안다고 우기는 지식의 착각이거나, 초혼실패의 원인이 자신에게는 전혀 없다는 원인착각을 하거나, 그리하여 경험에 의해 새로운 배우자를 찾는데 지력이 높아졌다고 우기는 경험에 의한 잠재력 착각 때문은 아닐까.

이런 착각은 눈에 보이지 않았던 암초에 의해 부서지는데 재혼을 함에 있어 암초를 보지 못하는 것은 순전히 자기가 보고 싶어 하는 것만 보려고 하기 때문이다. 그 보고 싶어 하는 것이란 현재 자신에게 있어 충족되지 못하고 있는 욕망이다. 그 욕망을 상대방이 채워 줄 것 같은 착각에 의해 새로운 사랑의 감정이 싹 터 재혼을 한다 한들 보이지 않던 암초가 불쑥 나타

나 재혼행진을 가로 막는다. 결국 암초를 피하지 못하고 재이
혼을 선택하는데 그게 70%가 넘는다는 말이다.

암초는 원래 있었던 것이지 어느 날 갑자기 불쑥 나타난 것
이 아니다. 다만 자신의 욕망을 충족하려는 마음의 커튼에 가
려 안 보였거나, 그다지 중요하게 생각하지 않았거나, 아니면
부딪쳐 이겨낼 수 있다고 과신했을 수도 있었을 것이다.

① 투명 고릴라

2001년 화와이 인근해상에서 일본 해양실습선이 바다 밑에
서 급부상한 미 핵잠수함과 충돌하여 실습생들이 숨지는 사고
가 발생하였다. 이로 인해 미국과 일본이 갈등을 빚었다. 잠수
함 함장은 잠망경으로 수면 위를 다 봤는데 그 방향에 어선이
있는 줄은 몰랐다고 말했다. 잠수함은 자신이 부상하려는 지점
만 봤기 때문이다.

이와 마찬가지로 재혼에 실패한 사람들 이야기를 들어보면
자신이 보고 싶은 것만 봤기 때문에 불쑥 나타나는 재혼의 암

초를 피해가지 못해 재이혼을 하게 된 것은 아닌가 하는 생각을 떨칠 수 없다. 인생 자체가 그렇지만 암초 없는 재혼은 있지도 않겠지만 말이다.

사람은 자기가 보고 싶은 것만 보려고 하는 습성이 있다. 보기 싫거나 귀찮은 것은 외면해 버리거나 흘려버리는 습성 또한 있다. 이를 인지심리학에서 극명하게 실험한 것이 있다. 인지심리학이란 인간이 사물을 지각하고 생각하며 기억하는 정신활동이 진행되는 동안의 심리과정을 탐구하는 학문으로 경험과 실험을 중시한다.

(대니얼 사이먼스(Simons)와 크리스토 차브리스 (Chabris) 심리학자의 투명 고릴라 실험 장면

　실험은 이러하다. 코트에 서 있는 몇 명의 사람들이 농구공을 몇 번이나 주고받는지 세어 보라는 것이다. 이 때 코트에

고릴라가 지나가는데 이 고릴라를 발견하지 못하는 관찰자가

절반이 넘는다는 것이다. 자신은 착각하지 않는다는 착각을 실험을 통해 증명해 보인 것이다. 인간의 지력이 얼마나 박약하고 위험한 것인지 꼬집는 실험이기도 하다.

재혼전선에 나선 사람들 태반이 이런 현상에서 자유롭지 못하다. 뻔히 코트를 지나가는 고릴라도 못 보는 판국에 물속에 숨어 있는 암초를 발견한다는 것은 쉽지 않은 일이다. 암초를 못 보는 것은 자기가 보고 싶은 것만 보려하기 때문이다.

가령 코트에 있는 아가씨의 외모를 보려는 사람은 공이 몇 번이나 오갔는지 기억하지 못 할 것이며, 공이 오간 횟수에만 집중한 사람은 코트에 몇 명이 있었는지 기억하지 못할 것이다. 그러하니 지나가는 고릴라를 못 보는 것은 어쩌면 당연한 현상일지도 모르겠다. 만약 고릴라가 지나 갈 것이라는 예고가 있었던지 관찰자가 예상을 했다면 고릴라를 발견할 확률은 높아질 것이다.

투명 고릴라 실험처럼 어쩌면 눈에 콩깍지가 쓰여 재혼을 한다는 것은 어쩌면 자신이 필요한 부분만 보고 나머지는 전혀 눈에 들어오지 않았다는 말과도 같을 것이다. 이 말은 재혼을 가능하게 하는 계기가 되기도 하지만 눈에 콩깍지가 벗겨지고 눈에 보이지 않던 부분들이 보이게 됨으로써 재이혼을 하게 만들 수도 있다는 말이 되는 것이니 참으로 아이러니 한 말이다.

투명 고릴라 사례는 재혼시장에서 비일비재하며 가장 간과하는 면이다. 사례를 들어보자.

어린 딸을 혼자 키우는 젊은 사별녀 성아 엄마는 재혼 대상자로 가장 초점을 맞춘 것이 딸아이 아빠 역할을 해 줄 남자였다. 자녀사랑 재혼희망자 모임에 항상 딸 성아의 손을 잡고 왔는데 어느 날 참석자 전부 노래방을 가게 되었다. 한창 분위기가 무르익었을 때 딸 성아가 노래를 부르게 되었다. 그런데 성아의 노래는 그만 엄마를 울리고 말았다. 우리 아빠가 집에 들어오시면서 예쁜 인형을 사왔다는 노랫말 동요를 부른 것이다. 성아 엄마가 딸 성아의 손목을 잡고 밖으로 나가 손수건이 다 젖도록 눈물을 흘리는 것을 필자는 목격하였다.

그렇게 딸 성아를 안고 눈물을 흘리던 젊고 미인인 성아 엄마가 어느 날 결혼을 한다고 전화를 걸어왔다. 그것도 남자를 만난 지 한 달 만에 말이다. 물론 그 전에 탐색기간이 있었겠지만 교제 기간은 한 달을 넘지 않았다. 상대 남자는 자녀가 없는 만혼자였다. 그러니까 성아 엄마는 그동안 자신의 딸 아빠 역할을 해 줄 남자를 부지런히 찾고 있던 중 매너 좋고 직장도 안정적인 한모씨가 눈에 들어왔던 것이다. 저 남자 조건이면 내 안타까운 딸에게 아빠를 만들어 줄 수 있겠구나 싶었던 것이다.

결혼식은 성대하게 치러졌고 결혼여행을 떠나는 이들 부부에게 잘 살기를 바라며 손을 흔들어주었다. 그리곤 또 몇 달 후 성아 엄마에게 전화가 다시 왔다. 그동안 지인으로서 관심 가져 준 것에 대한 감사와 잘 살고 있다는 안부 전화인 줄 알았다. 그러나 수화기 건너에서 들려오는 성아 엄마는 흐느끼고 있었다. 한참 울먹이며 말을 못하던 성아 엄마가 건네는 첫마디는 신경정신과를 가야 할 것 같은데 입원을 해야 하는 것이냐고 묻는 것이다.

그 후 지인들의 입을 통해 그간의 성아 엄마의 재혼생활 사정을 전해 들을 수 있었다. 결혼여행을 간 날부터 문제가 생긴 것이다. 남자는 교제 기간 동안 한 번도 성아 엄마에게 성적 요구를 하지 않았는데 그것이 참으로 매너 있다고 여긴 성아 엄마였으나 알고 보니 남자는 발기부전 환자였던 것이다.

어쩌랴 이미 결혼식은 양가 집안 어른들 모셔놓고 했으며 그토록 아빠를 그리워하는 딸에게는 새 아빠를 만들어 주었는데 말이다. 어쩔 수 없이 살아 보려고 애를 썼던 것 같다. 남자는 약물 투여 후 부부관계를 할 수는 있었다. 그렇게 해서 애가 들어섰다. 성아 엄마 입장에서는 둘 사이에 아이가 있어야 안심이라고 생각되어 임신을 강행하였던 것 같은데 불행하게 유산을 하고 말았다.

유산 경위가 기막히다. 남자의 구타에 의한 하혈이 유산의 원인이다. 구타는 경제문제 때문에 시작되었다. 성아 엄마에게 상가 딸린 조그만 집이 있었다. 그 집을 팔아 남자가 살고 있는 아파트 근저당 설정을 풀어 준 것이다. 원금과 이자만 안 나가면 남자 월급으로 충분히 세 식구 살 수 있을 것이라는 생각으로 집에 들어앉아 살림을 시작했다.

그런데 신혼부부라면 처음부터 하나씩 요리조리 만들어 간다고 하지만 이미 가정생활을 해 봤고 딸까지 있는 성아 엄마와 처음 결혼생활을 하는 남자는 갑자기 변화된 자기생활에 적응을 하지 못한 것이다. 재정 지출 문제부터 갈등이 시작되었는데 지금까지 자기 월급으로 자기 마음대로 쓰던 남자는 재정 지출 형태나 방식에 불만을 갖기 시작한 것이다.

더 큰 문제는 아빠의 역할을 기대했던 성아 엄마의 기대는 일부분도 충족되지 못했다는 것이었다. 아이를 키워보지 않았던 남자는 다른 아빠들처럼 딸 성아를 제대로 양육할 줄 몰랐고 여자를 그저 악세사리 정도로 여기니 여기서 성아 엄마의 분노가 폭발한 것이다. 급기야 이혼 이야기가 나오고 재혼할 때 들어갔던 돈 문제가 불거져 나온 것이다. 이후 일어났던 상황들이 어떠했겠는가는 대충 그림을 그려 볼 수 있다.

　그 과정에서 남자가 어떤 형식의 폭력을 행사했던 것 같은데 그 때문에 성아 엄마는 유산을 하였던 것이다..성아 엄마는 자신의 이런 일련의 과정을 남자를 만났던 재혼공간에 글로써 남겼는데 제목이 '나를 죽이고 싶다' 였다.

. 어린 딸을 둔 사별녀로 자기가 갈망한 상상이 허상이었다는 것이다. 누구를 원망하랴. 눈에 콩깍지가 씐 것은 자신이며 그 콩깍지는 자신에게서 가장 절실한 것을 상대에게서 얻을 수 있을 것 같다는 허상의 커튼이었던 것을 말이다. 자신에게 당장 필요한 것만 보고 고릴라는 보지 못한 것이었다.

　이런 비슷한 사례는 무수히 많고 정반대의 경우도 있다. 남자가 여자 없이 자녀를 키우는 경우에도 원하는 재혼배우자 우선순위는 자신의 자식들 엄마 역할을 해 줄 여자다. 이것도 부질없는 희망이며 재혼 생활을 파탄 나게 만들 수 있는 자기 욕망이다. 결코 이기적이라고 할 수 없는 이 애절한 아빠의 희망은 그러나 결코 재혼을 통해서 충족될 수 없는 것이다. 세상에 친모처럼 자신의 자식들을 키울 수 있는 새 여자는 이 세상 어디에도 없다. 없는데도 불구하고 상대가 그리 해주기 바라는 마음이 팥쥐 엄마를 만들어내는 것이다. 나쁜 계모는 여자가 만들어 낸 것이 아니라 남자가 만들어 낸 것이다.

이렇게 현재 자신에게 결핍된 욕망을 상대에게서 보상받고 충족하려는 마음이 상상을 통해서 허상을 꿈꾸게 하고 이 허상이 실제 생활에서 나타나지 않을 때 화가 나고 갈등을 빚는데 이것은 상대 잘못이 아니다. 다만 자신의 허상이 잘못되었을 뿐이다. 달은 원래 그대로인데 그 달에 계수나무 심고 토끼를 뛰놀게 만든 것은 달이 아니라 자신이다. 그럼에도 불구하고 대다수 홀몸들은 그런 환상 없이 어떻게 재혼을 하냐는 것이다.

재혼에 있어 자신이 보고 싶은 것만 보고 암초 같은 고릴라를 투명하게 만드는 것은 자녀문제에만 해당되지 않는다.

돈 문제도 그렇다. 재혼을 희망하는 여성들이 새 배우자를 고를 때 이것저것 제시하지만 가장 우선시 하는 것이 바로 남자의 경제력이다. 남자의 경제력이 우선 되고 나서 그 다음에 직업 학력 성격 등을 고려하는 건 어쩔 수 없는 현상이다. 현실이 그렇다. 돈 많은 남자의 여자가 되고 싶은 것은 미혼이나 기혼이나 홀몸녀나 모두의 로망이 아니겠는가.

남자의 경제력을 가장 우선적으로 보는 여성의 경우는 초혼이 경제적 이유로 파탄난 경우나 현재 경제적으로 궁핍할수록 더욱더 그렇다. 재혼을 통해서 남자의 경제 우산을 쓰겠다는 것인데 이것이 사랑이냐 거래냐 교환성립이냐를 따지기 전에 돈에는 항상 고릴라가 많이 지나간다. 얻는 것이 있으면 지불해야 할 것이 있지 않겠는가. 지불한다고 해서 그만큼 자신에게 경제적 혜택이 돌아오는 것도 아니다. 적어도 재혼에 있어서는 말이다. 그러니 이를 간파하는 여자들은 이렇게 말 한다.

"남자가 그 돈 여자 줄 것 같어?"

돈 문제에는 성질 고약한 고릴라가 한두 마리 지나가는 것이 아니다. 지나만 가면 좋겠는데 떡 버티게 된다. 돈 문제만 그러겠는가. 생활의 여타 모든 부분에서 투명 고릴라가 그냥 지나

가지 않고 화를 내는 일이 발생하지 않겠는가.

재혼 후 생활이 어떻게 펼쳐질지에 대한 현실적 예상보다는 당장의 자신에게 결핍된 욕망을 충족하려는 욕심이 무지를 용서하고 고릴라를 키운다. 자기가 보고 싶은 것만 보려는 착각과 무지가 재이혼으로 인도하는 것이다. 이렇게 재혼에 있어 어떤 훌륭한 조건이라 해도 암초는 없을 수 없고 당장에는 안 나타나는 고릴라가 불쑥 튀어나오지 않는다는 보장도 절대 없는 것이다. 그러니 암초든 고릴라든 재혼에 있어서는 암초를 비켜 갈 수 있는 재혼항해술과 고릴라가 화내지 않고 그냥 지나가도록 하는 지혜가 필요하다.

그 항해술과 지혜는 인식과 방법론에서 찾을 수 있을 것이다 일견에서는 자기 성찰로 마음을 다스려야 한다는 종교적 높은 덕망을 제시하기도 한다. 그러나 현실에서 힘들고 외롭게 살던 홀몸들이 높고 깊은 수양이 된 다음 재혼을 하고 재혼 생활도 수도 생활하듯이 하기는 어려운 일이다. 따라서 종교적 차원까지 승화된 재혼과 재혼 생활이 어렵다면 현실적 차원에서 접근해 볼 필요가 있는 것이다. 재혼에 성공만 한다고 해서 능사가 아니고 재혼생활을 유지하는 것이 더욱 중요하기 때문이다. 재혼은 불행 끝 행복출발이 아니라 문제의 출발점이기 때문이다.

②홀몸들의 불안

그래도 재혼은 해야 할 것 같다. 재혼을 하는 연유가 또다시 뜨거운 사랑이 시작되었건, 현실 불안정 탈피 차원이건, 외로움 타파이건, 거래이든 뭐든 간에 오래 살려면 해야 할 것 같다. 인간수명에 대해 연구하는 삼육대 천성수 교수는 배우자 있는 사람과 독신 이혼 사별로 인해 혼자인 사람과의 수명차이를 발표하였다. 연구 발표한 것을 보면 남성의 평균 수명은 배우자가 있는 경우 75세이고 이혼자의 경우 65세였다. 여성의 경우 남편이 있는 경우 평균 79세이고 이혼자의 경우 71세로 8-10년 수명 차이가 난다고 한다. 배우자가 있고 없음에 따라 수명 차이가 난다는 것이다. 오래 살아 봤자 뭐 하겠냐고 말 하는 사람도 있지만 그건 살아 있어서 하는 말이다.

평균 수명에서만 차이가 나랴? 자살률에서도 차이가 난다. 이혼자 자살률이 배우자 있는 상태에서 자살률보다 높다는 것이다. 얼마나 높은가 하면 배로 높다. 그 중 이혼 남성보다 이혼 여성이 더 높다.

왜 평균수명에 있어 홀몸들이 배우자 있는 사람보다 짧고 자살률은 높은가에 대한 연구 결과 이전에 홀몸의 외로움은 죽음에 이르게 할 정도로 무서운 것이다. 전배우자와 살 때는 혼자라는 것이 얼마나 무서운 것인지 모르다가 막상 이혼 후 혼자가 된 후에는 타인과 분리되고 사회관계가 파괴되는 현상을 진하게 맛보았을 것이다.

방 안에서 움직이는 것은 자신 혼자뿐이라는 사실에 우울증도 스며들었을 것이다. 가족이라는 조직시스템에 속해 있지 않아 먹고 입고 잠자는 모든 것이 대충이다. 그나마 자녀를 양육하는 홀몸이라면 자녀 때문에 힘들더라도 기본적인 생활시스템은 돌아가겠지만 그리하여도 자신만의 절대적 외로움은 어쩔 수 없다. 사춘기 자녀가 있는 홀몸이라면 자녀 눈치 보느라 더욱 더 그렇다. 자녀가 독립하면 재혼하겠다고 미뤘더니 그때 되니 재혼은 더 힘들어진다. 이래저래 홀몸은 죽는 순간까지 서럽게 외롭고 또 외롭다.

홀몸의 외로움이란 개인의 자아성숙을 위한 절대적 고독과 전혀 다른 성질이다. 자신의 영혼을 맑게 키우기는 커녕 갉아먹고 육체적으로는 무기력의 나락으로 빠트린다. 환과고독(鰥寡孤獨)이라는 사자성어가 있다. 환(鰥)이란 늙어서 아내가 없는 홀아비를 가리킨다. 과(寡)는 일찍이 남편을 여읜 과부를 말한다. 그리고 고((孤)는 단순한 외로움이 아니라 어릴 때 부모를 여읜 사람을 일러 쓰고 독(獨)은 늙어서 자식이 없는 사람을 말한다. 이렇게 자연적으로 외로운 사람만 있는 것이 아니다.

이혼 후 혼자가 된 사람은 더 외롭다. 전배우자와 같이 계속 살다간 숨이 막혀 죽을 것 같아 이혼을 하여 족쇄에서 해방됐다 싶은데 해방된 공간을 채우는 것은 지독한 외로움인 것이다.

그런데 이 홀몸들의 외로움은 좀 특이하다. 얼핏 보면 상대적 외로움 같지만 자신의 의지로 혼자가 되고자 했으니 이는 견딜만한 것이나 욕망의 불충족에서 오는 외로움은 투명괴물 같아 그 정체를 파악하기조차 힘들다. 보이는 적과 싸우는 것보다 보이지 않는 적과 싸우는 것이 더 어려운 것이다. 홀몸의 외로움은 단지 사람이 있다고 해서 해소되는 것이 아니라 그 사람이 현재 자신이 갖고 있는 욕망을 충족시켜 줄 수 있는 사람이어야만 가능한 것이다. 이것이 더 홀몸을 외롭게 만드는 것이다.

돈에 쪼들리는 홀몸은 경제적으로 안정된 홀몸을 만나기 원하고, 전배우자가 외도를 해서 이혼한 홀몸은 자기만 사랑해 줄 사람이 나타나기 원하고, 새엄마 새아빠를 해줄 사람을 원하고, 원하고 원하는 것이 그다지도 많은데 충족시켜 줄 수 있는 상대가 없기 때문에 더욱더 외로워 질 수밖에 없는 것이다.

홀몸의 외로움은 마음만 외로운 것이 아니라 밤도 외롭다. 홀몸이 되면 연애를 자유스럽게 할 수 있을 것이라는 생각은 공상에 불과하며 홀몸남들의 성적욕구는 처절하리만큼 비참하다. 남자만 그러랴? 여자도 마찬가지다

젊은 홀몸남녀들의 성적 결핍은 삶의 질을 떨어뜨리는데 큰 몫을 한다. 실제로 홀몸남녀에 있어서 가장 우선하는 문제가 성 문제다. 이혼과 동시에 성과 단절되는 것은 이미 성에 익숙해진 사람에게는 매우 괴로운 일이기 때문이다. 남자든 여자는 그것의 단절 때문에 조로(早老) 할 수도 있다. 그것은 기분을 불쾌하게 하고, 아량 없고, 고약한 성격을 형성하도록 조

재혼하면행복할까(개정판)

성하면서 정신질환을 유발하기도 한다.

이 문제는 눈 가리고 아옹 한다고 되는 것이 아니다. 수도자들처럼 내색은 안 하지만 원초적이고 피할 길 없는 문제인 것이다. 이것 때문에 재혼시장에서 끊임없이 문제가 발생한다. 인조이냐 사랑의 과정이냐 하고 말들이 많은데 재혼에 성공하면 사랑의 과정이었고 재혼에 이르지 못하면 인조이로 치부해버리기 때문이다.

홀몸 남녀가 총각 처녀가 아닌 이상 교제가 시작된다는 것은 성적 접촉이 동시에 이루어지는 것을 말한다. 불륜도 아니고 그렇다고 떳떳한 부부관계도 아닌 이 슬프고도 야릇한 문제를 자기 논리화하여 합의를 이끌어 내지 않고 어물쩍거려서는 머리 아픔에서 벗어날 길이 없다. 가난해서 재혼에 이르지 못하고 비닐하우스에서 사랑을 나누는 우묵배미 사랑이 아니고, 주변의 시선이 두려워 물레방앗간에서 나누는 사랑도 아닌 이상은 섹스 파트너 밖에 되지 않는다는 자괴리감에 사로잡혀 갈등을 겪는다.

아무리 한국사회가 개방되어 간다고 하지만 성적 욕구는 공적인 결혼제도를 통해서 해소해야 한다는 것이 아직까지 일반 통념이고 홀몸 남녀 역시 이 통념에서 자유롭지 못하다. 신분적으로 성적 구속이 없는 홀몸들은 역설적으로 더욱 순결을 요구받고 아닌 경우 퇴폐로 치부된다.

재혼시장에서의 성은 남녀 서로 가장 원초적인 욕구이면서도 서로 가장 경계를 하는 부분이다. 서로의 욕구를 잘 알기 때문이며 재혼을 상정할 경우 우선시되는 대목이기 때문이다. 하여 성을 담보로 무엇을 확실히 보장받으려는 여자와 보장해 줄 것 같이 하기만 하는 남자사이에 치사하기 짝이 없는 짓도 벌어지는 것이 숨길 수 없는 사실이다.

성에 자유로울 것 같은 홀몸들이 오히려 성에 가장 자유롭지 못하다는 것은 아이러니한 현상인데 이는 제도와 욕망의 부조화 때문이고 성경 고린도 전서 7장 8절 9절에 보면 이런 말이 있다.

－내가 혼인하지 아니한 자들과 과부들에게 이르노니 나와 같이 그냥 지내는 것이 좋으니라.－

－ 만일 절제 할 수 없거든 혼인하라. 정욕이 불같이 타는 것보다 혼인하는 것이 나으니라.－

재혼하면행복할까(개정판)

사도 바울이 썼다는 고리도 전서의 이 말은 결혼이라는 제도를 통해서 성적 욕구를 해소 하라고 말한다. 그러지 않고는 하나님의 사도 바울처럼 그냥 독신으로 지내라는 말이다.

성적 욕망을 해소하기 위해서는 결혼이라는 제도를 통해야만 가능하다는 성경 말씀에 복종하기 때문이 아니다. 성과 이기적인 재혼이 함께 묶여져 있기 때문이다. 남자와 여자는 자신의 편안함과 이익을 위해 재혼하지 봉사 정신으로 결혼하는 것이 아니다. 성적인 측면도 자신의 욕구를 충족할 수 있다는 이익이 있기 때문인데 이를 취하려면 상대의 성적 이외 부분 이익에 복무를 해 주어야 한다는 반대급부가 따른다. 이를 실행하기가 버거운 것이다. 그래서 남녀의 시작인 성과 재혼 그 사이에 원초적 욕망과 의지적 실행 공간이 놓이게 되는 것이다.

홀몸에게 가장 원초적으로 갈급한 성 문제를 해결하려면 굳이 재혼을 하지 않고도 해소 할 수 있을 것이다. 그런데 그게 인조이라는 타이틀에 걸릴까봐 몸을 사리는 것이다. 필자가 그동안 수많은 홀몸들과 성에 대해 담론을 이야기해 본 결과 성에 대한 자기 논리를 당당하게 피력하는 사람을 본 적이 없다. 굳이 올리아나 팔라치(Orian Fallacci. 이탈리아 언론가. 모택동

재혼하면행복할까(개정판)

등 난공불락 권력자들에게 공격적인 인터뷰한 전설적인 기자)가 말한 대로 '결혼이란 제도의 원초적 목적은 가장 안정적인 섹스 해결책'이라면 홀몸인 두 남녀가 단순히 성적 접촉을 하는 일에 굳이 재혼을 내세울 필요가 없을 것이다. 그러나 홀몸 남녀 사이에서 교제 기간 중 이루어지는 성 접촉은 재혼을 위한 실험행위인 것이다. 물론 섹스 그 자체를 목적으로 하는 사람들이 있기는 하지만 말이다.

그런데 홀몸 남녀가 단순히 섹스라는 성적인 측면만 해소하려는 것이라면 그토록 머리아픔이 없을 것인데 그것만이 아니라 성을 정조로 하여 경제와 마음의 안정을 찾을 수 있는 재혼 가정에의 욕망이 동시에 해소되어야 한다는 것에서 부조화가 발생하는 것이다. 성은 상호 이익이 결합하여 가능한데 나머지 부분이 충족되기 힘들다고 판단되면 성과 재혼이 따로 분리되는 것이다. 왜냐면 초혼이 아니기 때문이다. 이미 남녀 각각 쌓아 놓은 자녀 등의 조건이라는 짐들이 수북이 쌓여 있기 때문에 이것을 서로 떠안기는 힘들다. 그래서 홀몸 남녀의 성과 경제와 더불어 이를 제도적으로 협력할 수 있는 가정을 이룰 수 있는 구성체 즉 재혼이 겉돌게 된다. 즉 이 과정에서 헤어짐이 무수히 발생하는 것이다.

깊은 성찰을 통한 자기희생을 각오한 재혼이거나 또 그럴 만한 가치가 있는 상대라면 모를까 내가 무조건 손해를 보겠다는 마음으로 재혼을 하는 사람은 없을 것이다. 최대한 내가 이익을 볼 수 있다는 생각과 최소한 협력하면 낫겠다는 생각이 서야 성사가 잘 이루어지지 않겠는가.

그러나 재혼을 그렇게 경제적 협력관계 또는 성적 해소와 단순히 외로움의 탈피를 위한 방편으로만 여겨서 이루겠다고 하면 참으로 서럽고 서러운 일이다. 조물주는 인간의 외로움을 혼자 지탱할 수 있도록 만들지 않았다. 인간이 '당신'이라는 배우자 없이 자연이 명령하는 생물학적 욕구나 심리적 안정을 갖는다는 것은 고도의 수도자가 아니면 힘든 것이다. 아무리 일시적이고 즉물적으로 해소한다고 해도 문명인으로 태어난 이상 사랑이라는 감정 없이는 성적 본능이든 생활적 협력이든 충분히 만족시킬 수 없기 때문이다. 깊은 친애감과 굳센 공동의식에 항상 목말라 있는 홀몸들에게는 사랑 없는 즉물적 섹스는 이러한 갈망에 어떤 깊은 충만함도 줄 수 없고 애정 없는 생활 편의를 위한 협력적 차원의 재혼은 삶의 질을 높일 수 없는 것이다.

그래서 사랑의 감정이 일렁거리게 만들 대상이 나타나길 학수고대한다. 재혼시장에서 흔히 주체할 수 없는 사랑의 감정을 '뽕필'이라고 표현한다. 이성적으로 판단하건데 분명히 사랑을 해서 재혼을 할만한 조건이 아닌데도 소위 필에 꽂혀서 재혼에 이르게 된다는 것이다. 재혼의 여러 어려움 때문에 연애를 하고 있으면서도 재혼을 주저하는 사람들은 자신도 이러한 뽕필에 감염되길 바라는 마음이 간절하다. 도무지 재혼을 머리로 이것저것 따지고 생각하니 혼란스럽고 두려우니 그냥 이성이 마취되고 감성에 이끌려 해 버렸으면 좋겠다는 것이다. 그러나 그것이 반드시 현실을 도외시한 운명적 계기에서만 생성되는 것도 아니고 반이성적인 상태에서 생성되는 감정만은 아닌 것이다.

오히려 이성적으로 현실을 충분히 살피면서 합당한 방식을 찾아 나아갈 때 그로 인한 신뢰성은 격정적인 사람의 감정보다

재혼하면행복할까(개정판)

더 깊고 질길 것이다. 다만 사람들이 합당한 방식이 무엇인지 고민을 하지 않고 고답적이며 정형화 되어 있는 형식에서 탈피하지 못하기 때문에 운명적 사랑이 찾아오기만을 기다리는 것이다. 마치 사뮈엘 베케트가 쓴 불세출의 희곡 '고도를 기다리며'에서 언제 올지도 모를 고도를 기다리는 존재론적 불안의 나날을 보내는 것이다. 자신의 현재와 미래의 불안을 온전히 떨쳐 버리게 만들어 줄 수 있는 상대 말이다. 그런 완벽한 상대가 나타나주기를 바라는 마음 때문에 재혼시장에도 백마 탄 왕자나 평강공주 신화는 지워지지 않고 오히려 더 강하게 부활하는지도 모르겠다.

도대체 홀몸들의 존재의 불안은 무엇일까. 왜 재혼이 이모 저모 따져 봐도 홀몸보다 유리한 것인 줄 알고 갈망하는데 왜 불안한 것일까. 이 점에 대해서 솔직히 밝히지 않고서는 우연히, 운명처럼, 뽕필에 의해서, 아니면 일방적 어떤 힘에 이끌려서 재혼을 한다고 해도 재이혼의 위험지대에서 벗어날 수 없을 것이다.

불안을 일으키는 요소로는 물리적 심리적 인식적 장애로 나뉘어 생각 해 볼 수 있을 것이다. 우선 물리적인 장애인데 우선은 먹는것이 해결돼야 하고 자녀들 문제가 원활히 해결돼야 하고 거주 공간 등의 문제들이 그런 것들이다. 이런 문제 때문에 조건을 따지게 되는 것이고 조건을 따지다 보면 선택의 폭이 너무나 좁아져 대상이 희박해 진다.

다음으로 심리적 장애가 문제가 된다. 자신의 내면 세계를 찾아 떠나는 여행을 하지 않으면 쉽게 파악할 수 없는 부분들인데 자신이 바라는 새 배우자상과 재혼이 어떤것이며 그런 그림에 맞는지를 냉철히 성찰해야 한다. 혹시나 초혼실패에 따른 보상심리에 기인하는건 아닌가, 초혼 실패 상처로 인해 그 상처가 혹시 내 마음에 족쇄를 채운건 아닌가를 살펴봐야 한다. 이것은 플래시백(flashback)현상이라고 하는데 과거 좋지 않았던 경험을 현재에 그대로 대입하는 것이다.

사람들은 자신의 과거 상처를 다 감싸주고 치유해 줄 새 사람을 찾으려 하지만 스스로 치유하지 않는 한 과거의 상처는 치유되지 않는다. 과거의 검은 그림자에서 벗어나지 못하면 과거 경험이 현재를 주저하게 만들고 미래를 포기하게 한다. 홀몸들이 교제하는 것을 관찰해 보면 그들이 수시로 상대에게 확인하고 검증하려고 하는 것은 상대의 진정성이 아니라 치유되지 않은 자신의 마음이다. 전배우자의 외도로 이혼한 사람은 새로 만난 사람의 출퇴근 시간을 재고 경제파탄이 원인이 되었던 사람은 상대의 재산 상태와 월수입을 확인하려고 노력한다. 폭력으로 인해 이혼한 여자는 남자의 호탕한 웃음소리마저 겁을 집어 먹는다. 이래서는 새로 만나야 할 사람의 참모습을 발견할 수 없는 것이며 상대를 피곤하게 만들어버린다. 이렇게 과거의 검은 천을 새 사람에게 뒤집어 씌우는 현상은 남녀 모두에게서 똑같이 발견되는 모습이다.

그 다음으로는 인식적 장애다. 연필심에 침 묻혀 편지를 써서 우체통에 넣던 시절이나 스마트폰으로 메시지를 주고받는 지금의 시대나 별반 달라진 것이 없는 것이 바로 재혼 가정의 구성 형태다. 재혼을 하면 당연히 그렇게 살아야 한다는 고답적 인식이 재혼성사를 어렵게 만들고 재혼 생활 유지를 힘들게 만든다. 재혼을 하게 되면 여자가 남자 집에 들어와야 하고 밥상을 차리고 재혼한 남편의 자녀들을 양육해야 하며 남자는 여자가 주는 밥을 먹고 밖에 나가 돈을 벌어 와야 한다는 인식이 그것이다. 예전의 재혼 방식이 지금까지도 이어지고 있는 것이다. 달리 말 하면 재혼을 초혼의 형태로 복원하려고 하는 것이다.

재혼 전 교제 기간의 낭만적 사랑은 가정이라는 제도속에 속해 있지 않는 자유로운 상태에서만 지속 될 수 있는 것이다. 재혼을 이루고 난 후 제도 속에서는 낭만적 사랑으로 뭔가 해주고 싶은 그 모든 행위들이 의무가 됨으로써 그 사랑은 소멸하고 만다. 남녀가 만나 서로 호감을 느끼고 탐색을 하면서 애정이 생기고 그 사랑의 감정으로 소설도 만들고 예술도 만들고 음악도 만들어내겠지만 현실적 인식은 이를 저지, 통제한다. 그래서 사랑하기에 헤어진다는 말이 나오는 것이겠지만 이러한 장애 요소들이 재혼생활 유지를 어렵게 만든다.

③ 인식의 전환

행복하기 위해서 재혼을 하는 것이라면, 행복을 위해서 재혼 생활에 따른 어려움은 감수해야 한다. 그것은 서로의 자유를 확대하는 것이다. 고답적인 재혼이 행복의 장애가 되지 않으려면 어떤 새로운 방법을 생각해 봐야만 한다. 재이혼율을 낮출 수 있는 것이 무엇인지를 찾아야 한다. 그러기 위해서는 왜 재혼을 하게 되는가에 대해 곰곰이 다시 생각 해 보게 된다.

결혼이라는 관습은 언제나 세 가지 요소가 혼합된 것이다. 하나는 남녀의 몸과 뇌에 심어져 있는 본능이라는 회로이고 하나는 경작이라고 하는 바깥일과 살림이라는 경제적 분업 관계를 맺는 것이며, 마지막으로 가족제도를 통해 종족 번식을 하기 위한 것이다.

결혼이라는 영어단어 Wedding는 원래 경마에 돈을 건다는 뜻을 지닌 Weddian 이란 단어에서 유래되었다. 이런 결혼을 하기 위해서는 여성은 보다 우성적인 인자와 결합을 하려고 하고 이것은 자신의 행복과 안위를 위한 것이다. 결혼이란 여자의 인생을 걸고 시작하는 도박이다. 잘못 배팅을 하게 되면 여자에게는 늪이 될 수 있고 남자에게는 안위를 해칠 수 있는 것이다. 그런데 실패한 초혼의 경험은 재혼에 있어 이것저것 따지고 가리고 재보고 가늠하려는 마음을 증폭시켜 놓는다. 그럴수록 보다 완벽한 상대가 나타나기를 바라고 남는 거래를 하려

재혼하면행복할까(개정판)

고 한다. 그럴수록 사람은 없고 재혼은 요원해 진다.

　　오랫동안 재혼시장에 일어나는 현상에 대해 관찰해 본 결과중 아주 특이한 것이 있는데 그것은 삼혼을 한 사람들에게서 또다시 세 번 째 이혼을 발견하지 못하고 있다는 것이다. 물론 필자의 개인적 시야 안에서 그러하겠지만 삼혼이 유지되는 까닭을 살펴보지 않을 수 없다. 그들 역시 재혼을 할 때는 비로써 제대로 자신의 짝을 찾은 듯 기쁘게 재혼을 하였으나 재혼생활 일 년을 넘기지 못하고 재이혼을 하였다.

　　K 여성의 경우 남편의 의처증이 심해 도저히 못살겠다는 것이 이유였다. 그도 그럴 것이 남자가 십 년 연상이라 이것저것 다 이해해 줄 것이라 여기고 여자가 재혼을 하였는데 오히려 구속이 심하더라는 것이다. 특히 남자 접촉에 있어서는 그간에 직업상 알게 된 남자든 지인이든 다 차단하게 만드는 것이다. 보안관적 관계를 두려고 하는 것이다. 제도를 통해 순결한 정조 관념을 내세워 지배하려는 것이며 나와 재혼 했으니 이제부터는 내 안전관리 하에서 생활을 하라는 것이다. 이런 보안관 지배의식이 의처증 분야로 돌출되는 것이고 이는 결혼

을 통해서 여성의 운신을 통제하려는 시도이다. 또한 시대착오적이며 근거 없는 남성지배의식이다.

남성이 이런 식으로 결혼제도의 속성을 이용해 낡은 가부장의식을 발휘하려고 하면 여성 역시 결혼제도 속성을 이용해 반격한다. 돈이나 많이 벌어다 주면서 의처증을 부리든 위치 추적기를 부착하든 하라는 것이다. 맞벌이 시키고 살림도 다 맡기면서 무슨 되도 않는 의처증으로 여자를 동태 실타래로 묶어 벽에 걸어두듯이 집에 가두려고 하냐는 것이다.

안 되는 일이고 안 되는 사고방식이다. 조선 시대에는 아니 가깝게는 50~60년대에 까지만 해도 초혼이든 재혼이든 아내가 남편에게 순종하였고 남편은 아내에게 순종할 필요가 없었다. 그러나 오늘날 개성이 강하고 다양한 직업에 진출해 있는 여성들이 남편에게 무조건 순종할 이유가 없는 것이다. 재혼은 더더구나 그렇다. 이미 자신의 독립된 자기 질서를 가지고 단독생활을 하고 있는 여성에게 나와 재혼을 했다고 해서 너의 질서를 폐기하고 남성의 질서에 맞추어 생활하라고 하는 것은 여성에게는 엄청난 각오와 희생을 필요로 하는 일이다.

그렇게 안 되는 강압을 부려 재혼 생활을 유지하지 못하고 재이혼을 한 사람이 몇 년 간 또다시 삼돌이(삼혼을 기다리는 돌싱남), 삼순이 생활을 하게 된다. 삼수생 생활은 이혼 생활보다 더 비참하고 참혹하게 이어진다. 이혼 후에는 혼자 살아가야 한다는 절대 당면 과제 앞에서 전투력을 발휘하게 되지만 재이혼 후 삼수생 생활은 이런 전투력마저 약화시켜 버린다. 급기야 패배주의가 몸속에 암처럼 번지게 되고 허무한 마음으로 하루하루를 보내게 된다. 이혼은 위로의 말이라도 얻어 듣지만 재이혼은 어디 가서 변명도 못한다.

그러다 어느 날 슬며시 삼혼을 하게 된다. 우울증이 깊어지게 전에, 나이 더 먹기 전에 삼세번이라고 다시 사람을 만나는데 아주 얌전해져 있다. 기가 죽었는지 철이 들었는지 세상을 알 만큼 알았는지는 모르겠으나 세상 욕심에서 초월한 듯 도인의 풍모도 보인다. 이런 삼혼자들이 하는 소리는 또 남다르게 들린다. 사람이 있는 것으로 족하다, 바라는 것이 없다, 이런 소리를 한다. 재혼 실패가 가져다 준 시행착오가 큰 깨달음을 주는 것이다.

재혼에서 안 되는 것은 비단 봉건적 남성지배 의식 뿐 만 아

재혼하면행복할까(개정판)

니다. 경제적 우산이나 협력 의탁 관계도 어려운 일이다. 짝을 이루는 것과 가정을 이루는 것은 초혼에서는 동시에 이루어지고 시작되는 것이겠으나 재혼에서는 별개의 문제다. 비록 홀로 된 가정이지만 자녀를 양육하고 있었다는 것을 전제로 해보자. 한 가정에는 나름대로 경제생활이 있었을 것이다. 이런 각각의 가정 경제를 재혼을 했다고 해서 통합한다는 것은 어려운 일이다. 초혼은 짝을 이루는 동시에 가정이 이루어지겠지만 재혼은 별개며 형식상 가정형태를 갖추어도 실질적 내용에 있어서는 형식과 내용이 겉돌기 쉽다. 돈 문제가 특히나 그러할 것인데 남자가 완전 흡수 통합 단독 재정 지출을 책임 보장 하지 않는 이상 적어도 돈에 있어서는 남녀 평등의식은 없다. 남자가 돈이 많아 여자의 경제적 힘을 빌리지 않고 단독으로 양 쪽 가정을 합쳐 생활을 할 수 있다면 그 이상 좋은 것이 어디 있겠는가. 재혼을 희망하는 모든 여성들의 바라는 바가 아니겠는가.

그러나 희망과 현상은 너무나 다르게 나타난다. 일단은 이혼을 한 남성은 경제적으로 양 쪽 가정을 통합하여 책임질 만큼 돈이 많지 않을 것이다. 설혹 돈이 많다고 해도 쓰임에 있어서는 사람 마음은 호혜롭지 않다. 돈을 쓰게 되면 얻으려 하는 것이 권력이고 주어야 할 것이 복종이다. 형편이 어려워 돈을 여자에게 적게 주든 어쩌든 주는 것 보다 더 많은 권력을 얻으려 하고 받은 것 보다 덜 복종하려고 하는 것이 사람의 마음이다.

이렇게 돈은 사람의 의식을 알게 모르게 조종한다. 부모 자식 친형제 간에도 그러하거늘 아무리 사랑이라는 감정으로 재혼을 이루었다고 한들 각자의 이질적 조건을 싸매 들고 결합한 남녀에게 있어서 돈 문제는 아주 민감하게 감정의 틈새를 스며들어 사랑의 감정에 푸른곰팡이를 피우게 만든다. 푸른곰팡이 씨앗은 미래 사망 후를 생각하기 때문이기도 하다. 초혼이 아닌 이상 어느 한쪽이 사망할 경우 양육 문제나 재산 상속 등의 문제에 복잡하게 얽힐 수 있다는 생각 때문이다.

이런 곰팡이를 애초부터 키우지 않으려면 오로지 한 가지 방법밖에 없을 것이다. 남자의 완전흡수통합 단독재정 지출이다. 여성의 돈은 일절 건드리지 않고 맞벌이도 시키지 않으며 오직 남자의 돈에 의해 생활을 하는 것이다. 이게 가능한 일일까? 가능한 재혼 부부들이 있다. 남녀가 전세금을 빼서 집을 장만하여 살림을 합치는데 명의를 여자 앞으로 하고 남자의 월급을

재혼하면행복할까(개정판)

고스란히 여자에게 갖다 주고서는 가정 재정을 완전 위임하는 남자들이 있다. 남자가 여자를 믿는 것이다. 또 여자가 남자를 믿을 수 있게 만드는 것이다. 이런 재혼부부의 경우는 재혼생활을 유지하는 20-30 % 그룹에서 흔히 찾아 볼 수 있다.

단, 이런 경우에는 여자가 남자의 경제능력 하에서 살겠다는 각오가 있었을 것이다. 또한 재혼을 경제적 신분상승의 기회로 삼으려 하지도 않았을 것이다. 그래서 재혼에 있어서 가장 중요한 것은 상호 가치관이다. 아무리 물적 조건이 좋아도 가치관이 틀리면 재이혼의 대열에 설 위험성이 많으므로 돈이 조종하는 의식을 통제할 수 있는 튼튼한 가치관이 필요하다. 그 가치관이란 어떤 희생을 치루고라도 가정과 부부의 연을 지키겠다는 각오를 말한다.

재이혼률이 높은 까닭에는 교제 기간에는 완전히 드러나지 않았던 가치관과 돈 문제가 크겠지만 자녀 문제도 크다. 자녀 문제에 대해 사전에 현실적 인식이 결여된 새 아빠 새 엄마는 재혼 당사자뿐만 아니라 양쪽 자녀들에게도 큰 상처를 줄 수 있다. 실제 재이혼의 경우 상당수가 자녀 갈등 때문에 일어나는 것을 확인할 수 있다. 재혼 남녀가 이룬 사랑의 신화가 계자녀들에 대해서 즉시 애정과 사랑으로 전이 될 것이라고 기대하는 희망이 비현실적이었다는 것으로 나타나는 것이다. 내 자식에게 새 엄마 새 아빠로서 역할을 해 줄 수 있을 것이라는 기대가 재혼 사랑의 고리를 연결하기도 했겠지만 말이다. 이런 현실적인 기대가 오히려 비현실적으로 과도하여 이것이 충족되지 않으면 재혼남녀의 틈새는 급격하게 벌어지기 시작 한다.

최소한 자녀 양육부담을 분담해 줄 것이라는 기대감은 현실적으로 거의 불가능하다. 현실적인 것 같으면서도 비현실적인 자녀 양육 분담은 재혼생활 초기단계에서부터 심한 혼란과 좌절감을 안겨주어서 현실적 인식과 기대가 조정되기 보다는 파경에 이르는 경우가 많다. 겪어 보지 않았기 때문에 인식하지 못하는 자녀 양육에 대한 비현실적 기대감은 이른바 팥쥐 엄마와 어감상 안 좋은 계부를 만들어 낸다.

생물학적으로 뿌리와 성장배경을 달리하는 이질적인 새 아빠 새 엄마가 친부모처럼 양육해 줄 수는 절대 없는 일이다. 반대로 이를 지나치게 의식해서 새 배우자를 배려한다고 하는 것이 오히려 파경으로 치닫는 요인이 될수도 있다.

재혼하면행복할까(개정판)

초등학생 아들이 있는 B씨는 역시 초등학생 딸 둘이 있는 여자와 재혼을 하였다. 그동안 엄마는 없었지만 아빠의 사랑을 독차지 하고 있던 아들은 갑자기 바뀐 가정환경에 자신의 사랑을 빼앗겼다고 생각했는지 반항을 하기 시작했고 새 엄마를 힘들게 만들었다. 퇴근 후 집에 들어온 B씨는 표정이 어두운 재혼녀의 이야기를 듣고 자신의 아들을 때렸다. 며칠 지나 가만 생각 해 본 B씨는 아들을 위해서 재혼을 했는데 오히려 아들에게 좋지 않다는 생각이 슬슬 드는 것이다. 그 뒤로는 아들 때문에 짜증을 내는 재혼녀에게 화를 내기 시작했고 급기야 갈라서는 길을 선택하기로 하였다.

어느 한쪽이 자녀가 없는 경우라도 마찬가지다. 어느 사별녀 A씨는 아빠 없는 아들을 키우는 것이 너무나 서러워 자녀 생산 경력이 없는 장손 이혼남과 재혼을 하였다. 그것도 재혼 후 자녀 출산을 하지 않는다는 조건을 남자에게 얻고서 말이다. 그 대신에 시댁 제사를 가져오겠다고 하였던 것이다. 한국사회에서는 대단한 일이었다. 대를 이어야 할 종손이 자신의 씨를 포기하고 새 아들을 맞아 들였으며 여자는 씨도 없는 시댁의

재혼하면행복할까(개정판)

제사를 받은 것이라 지인들은 박수로 이들 재혼부부를 축하 격려하였다. 재혼의 모범적인 사례로 입에 오르내렸으며 간혹 모꼬지에 초청되어 재혼의 표상이 되기도 하였다. 그러던 이 부부가 다시 헤어졌다. 남자는 자신의 씨를 심기 위해 삼수생이 되었고 여자는 지인들과 완전히 연락을 끊어 버렸다. 이들이 파경에 이르기 전에 간간히 들려왔던 것은 역시 아들 문제였다 구체적인 사정이야 모르겠지만 대충 추론이 가능한 지점이다..

한국사회에서 여성이 결혼과 동시에 혈연자녀를 갖는다는 것은 여자가 남자의 집안 내에서의 지위를 보장받는 중요한 수단으로 자리하는 것은 부정할 수 없는 일이다. 그런데 추가 자녀 생산 없이 자신의 아들의 아빠 역할을 해 줄 남자를 찾아 재혼하고 그 대신 시댁의 제사를 받는다는 것이 현실적으로 참으로 비현실적 결과를 가져 온 것이다. 이렇게 자녀 문제에 있어서는 현실적인 바람이 가장 비현실적으로 나타난 경우가 있는 것이다..

④ 재혼단계

어찌되었든 이혼남녀들은 재혼에 대한 신화적 기대심리와 그 신화가 이루어질까 하는 불안심리에 동시에 시달리면서 사람을 만나게 되고 재혼을 하며 정착해 가는 발달과정을 밟을 것이다 그 발달과정을 단계별로 나누어 살펴보면 이렇다. 먼저 재혼에 이르기까지의 단계에서의 어려움은 네 단계로 구분해 살펴볼 수 있다.

● 재혼결심 단계

이때는 재혼가족에 대한 자신의 마음의 준비가 아직 미비하고 재혼에 대한 환상과 더불어 불안이 동시에 공존한다. 사회나 가족 또는 자녀들이 갖고 있는 재혼에 대한 부정적 인식에 정면으로 부딪칠 자신도 아직 없다. 그냥 혼자 살아라 라고 말하는 친정 엄마에게 "나 재혼할라우"라고 말 할 자신이 없는 것이다. 주변과 사회에 대한 자기주장이 확고하게 서 있지 않는 단계이다.

재혼하면행복할까(개정판)

- 재혼준비 단계

어디서 살 것인지, 재혼과 동시에 하던 일을 접어야 하는가 따위가 고민거리로 생긴다. 또한 새 배우자와 잘 살 수 있을 것인지 대한 확신이 확고하지 않아 자기 불안에서 헤어나오질 못한다. 자신보다는 상대방에 대해 확신을 하지 못하는 것이다. 여기에 자녀 양육이나 재혼 생활에 제대로 적응할지 여부가 남녀 사이에 여전히 잔존하고 있다.

- 재혼초기 단계

역시 경제적인 문제가 가장 크다. 혼합가정일 경우 생활비가 더 많이 필요로 할 것인데 충당과 지출에 관한 경제 경계선 조절이 어렵다. 표현은 안 하지만 네 돈 내 돈 따지게 된다. 대외적으로는 세탁소 아저씨와 통반장이 재혼 부부라는 것을 알까봐 두렵기도 하다. 각각의 자녀들은 아직 서로간에 유대감이나 친밀도가 형성되어 있지 않다. 여성이 데려온 자녀의 성이 문제가 되는데 학교에 써내야 할 종이에 생부 이름을 써야 하

재혼하면행복할까(개정판)

는지 새 아버지 이름을 써야 하는지 아이는 깊고 깊은 고민에 빠지게 된다.

- 재혼중기 단계

자녀들이 자꾸 성장하니 사교육비 때문에 힘들어진다. 여전히 새로운 처가 및 시댁 식구들과는 먼 거리에 있다. 추석 때 시댁에 갔더니 동서들이 고스톱 판에 정식 멤버가 아니라고 안 끼어 준다. 처갓집에 갔더니 아무개 서방이라고 부르지도 않고 누구 아빠라고도 부르지 않으며 사위 왔다고 씨암탉도 안 잡아 주면서 데면데면해 한다. 정서의 유착이 근원적 차원에서 이루어지지 않는 점에 대해 회의를 느끼게 되는 것이다. 여전히 정체성이 심어져 있지 않다는 점도 느끼게 된다.

단계		특 성	중점대상
I	환상 (Fantasy)	어른들은 즉각적인 사랑과 적응을 기대. 아이들은 그 기대를 무시하고 생물학적 부모에게 결합	1. 부부 .2 재혼가구
II	유사동화 (Pseudo assimilati on)	환상을 깨달으려는 노력. 생물학적 계보를 따를 구분. 계부모들은 무언가 잘못되어가고 있다고 느낌.	1.부부(개인 적으로 또는 함께) 2.아이들(혼 란스러워 할 때)

III	경계 (Awaren ess)	계부모들은 무엇이 변해야 할 필요가 있는지 깨닫기 시작. 부모는 새로운 배우자와 자식 사이에서 갈등. 생물학적 라인을 따라 나눠진 그룹. 아이들은 부부 사이의 차이를 관찰	1.부부(개인 적으로 또는 함께) 2.아이들(혼 란스러워 할 때) 3.긴급한 도움이 필요한 아이들
IV	가동 (Mobiliza tion)	부부 사이에 토론을 이끄는 강한 감정들이 표현되기 시작. 계부모들은 변화에 대한 명확한 필요성을 가짐. 부모는 변화가 가져올 손실에 대한 공포, 생물학적 그룹 사이의 분리. 아이가 없는 계부모는 가족 안에서 고립	1.부부(개인 적으로 또는 함께) 2.아이들(혼 란스러워 할 때) 3.긴급한 도움이 필요한 아이들

재혼하면행복할까(개정판)

V	행동 (Action)	문제를 해결하기 위해 부부가 함께 노력하기 시작. 가족 구조의 변화. 변화에 대한 아이들의 저항	1. 부부들 2. 아이들
VI	접촉 (Contact)	부부들이 잘 협동. 계부모-자녀 관련 다른 관계들 사이에 보다 친밀한 유대 형성. 계자녀에 대해서 명확한 역할을 갖게 됨. 명확한 한계를 형성	1.모든 가족원
VII	해소 (Resoluti on)	재혼 가족 안정감 형성. 문제 발생 시 앞의 단계로 이동	1.모든 가족원

그런데 처음부터 끝까지 행복출발이 이어지는 부부가 어디 있을까? 또 최종 지점까지 이른 부부가 과연 몇 프로나 될까?

한국의 재혼현실 결과 열 쌍 재혼부부 중 한 두 쌍 정이며 나머지는 각 단계마다 발생하는 갈등을 극복하지 못하고 다시 재이혼을 한다. 그것도 몇 단계를 넘고 나서가 아니고 2 단계와 3 단계를 넘지 못하는 것이다. 이것이 우리나라 재혼 후의 냉혹한 결과이다. 이 불편한 진실에 대해 귀를 막고 눈을 가려서는 안 될 일이다.

과도한 비현실적 기대를 가지고 재혼을 했다가 그 환상이 허상이었음을 알아차리는 순간 극복을 위한 노력보다는 재이혼을 손쉽게 택하는 이유에 대해서 정말 냉철하게 생각해 봐야 한다 재혼부부가 안정기를 갖는 7단계에 이르려면 최소 5~6 년은 지나야 한다고 하는데 재혼 일 이년 안에 다시금 홀몸의 길을 걷게 된다는 것은 그 시작부터가 뭔가 대단히 잘못되어 있지 않는가. 지나친 환상에서 시작되었건 아니면 지나친 현실적 계산에 의해 시작되었건 말이다.

법륜 스님이 지은 스님의 주례사 책에 보면 '덕 보려고 결혼하지 말라' 는 말이 있다. 상대 한 명 잘 잡아 팔자 고쳐 보려고 하는 것은 거래고 그건 행복을 가져다주지 못한다는 것이다 초혼이 그러할 것인데 재혼은 더욱더 덕을 보려는 거래에 치중

한다. 외로움 해소, 생활적 어려움 해소, 자녀 양육에 대한 기대심리, 경제적 우산 등등 모든 것에 대해 최소한의 내 희생을 투자하고 상대방을 통해 최대한 만족을 얻으려 한다면 그것은 바로 자본의 잉여논리 속성이나 다름없다. 이런 사람의 이기적 속성을 재혼 현실을 통해 수정 조절 시켜 주기 보다는 재혼만 하면 홀몸의 어려움이 한꺼번에 사라질 것처럼 환상을 심어주는 결혼정보회사 광고를 매일 접하지 않는가.

재혼에서 기대해야 하는 것은 재혼 부부가 합리적으로 충실하게 행동하면 혼인상태가 평생 동안 지속 될 것이라는 기대여야지, 내 현재의 불온한 처지를 개선하는 수단으로 재혼을 기대해서는 재혼가족에게 일어나는 각 단계별 어려움을 결코 극복하지 못 할 것이다. 기대하면 불안, 분노, 갈등, 외로움이 더 생기고 문제가 발생하니 아예 결혼에서 뭔가 기대하는 것이 없을 때 하라고 하는 충고는 동서양 어디서든 듣는 말이다. 버트란드 러셀(Bertrand Russell. 1950년 노벨 문학상 수상자로 20세기 볼테르로 일컫는 지성인)도 행복을 기대하지 않는 결혼만이 행복 할 수 있다고 하고 법륜스님(막사이사이상 수상)도 기대하는 것이 없을 때 결혼하는 것이 카르마(karma.업)를 받지 않는 것이라고 말한다.

그런데 말이 쉽지, 현실은 녹록지가 않다. 그렇게 순도 높은 정신으로 사는 사람이 얼마나 되겠는가. 더군다나 재혼의 경우 더더욱 그렇다. 홀몸이라는 '존재 자체가 버거운 상태'에서 시작하기 때문이다.

그렇다고 재혼에 대해 비관적이고 회의적으로 생각하자는 것은 결코 아니다. 비현실적 기대 심리나 막연한 생각으로 의해 문제 발생에 대해 해결할 수 있는 여력도 없이 덤벼들지는 말자는 것이다. 다시 말해 재이혼 아픔의 재생산을 줄여 보자는 것이고 그러기 위해서는 내진 설계를 튼튼하게 하자는 것이다.

행복하자고 재혼하자는 것이다. 그런데 미처 자신이 짚지 못한 것들이 암초가 되어서 재혼행진이 무참히 깨져 다시금 재혼 시장 미아로 전락하여 찬바람 맞으며 기웃거려서야 되겠는가 말이다. 그렇게 된다면 인생이 너무 억울하지 않은가.

억울하지 않으려면 이러한 일반적 세태 속에서 현실을 고려한 대안적 방식은 뭐가 있는지 생각해봐야 한다. 아무리 생각하고 짚어 낸다고 해도 사람이 사는 일이 그렇듯 재혼 생활 역시 무수히 많은 변수들이 돌출하여 난제를 형성할 것이다. 그래도 재혼생활에 있어 어떤 문제들이 나타날 수 있는지 흐름을 짚고 있다면 대처할 수 있는 마음의 여력이 생겨날 것이다. 예상하고 부딪치는 것과 예상하지 못하고 부딪치는 것은 또다른 문제다.

⑤ 재혼가정의 유형

한국 남자들의 이중의식 때문에 그렇겠지만 여자가 자녀를 양육하고 있지 않으면 문제가 있는 여자라는 편견을 갖는 일이 적지 않다. 아이는 엄마가 키워야 한다는 고정된 의식 말이다. 남자는 전 배우자가 아이를 양육하고 있더라도 그다지 색안경을 끼고 보지 않는데 반해 자녀를 양육하고 있지 않는 여자에 대해서는 색안경을 끼고 본다. 그러면서 한편으로는 자신은 자녀를 양육하면서 여자는 자녀를 양육하고 있지않는 여자를 원하는 남성들도 있는데 그건 순전히 보모를 구하고자 하는 순도 높은 이기주의에 지나지 않는다.

여성들은 남자들의 이런 자기중심적 재혼시각을 간파하면 쉽게 그런 남자와 살지 않는다. 여성들은 홀몸 경력을 쌓아 가면서 생각의 변천사를 겪는데 처음에는 아이 없는 남자를 원하다가 그것이 여의치 않자 나중에는 나도 아이가 있으니 남성도 아이가 있는 것을 마다하지 않게 되는 식으로 바뀐다.

남성도 마찬가지다. 하지만 서로 이렇게 양보하는 차원이 한순간에 이루어지는 건 아니다. 그것은 오랜 시간을 필요로 하고 그 동안 자녀들은 부모의 손이 안 가도 될 만큼 혼자 커 버린다. 물론 당사자 남녀는 이것저것 따지다 좋은 시절 다 보내버린다.

- 세컨드 하우스(second house)

복합가족으로서 재혼을 하기 위해 물리적으로 가장 큰 숙제가 바로 거주 공간의 확보 문제다. 남녀가 재혼을 하여 합치는 과정을 들여다보면 난리도 그런 난리가 아니다. 자녀가 없거나 적으면서 남자의 집이 큰 경우 대개 여자가 남자의 집에 들어가 살게 되지만 사정이 그렇지 못하면 겹치는 가재도구를 재활용 센터에 내다 팔고 양쪽 집을 빼서 좀 큰 전셋집으로 이사 가기 위해 날짜를 맞추면서 시간을 허비한다. 이런 경우는 그래도 경제적으로 나은 편이라 그럴 수 있다. 행여 한쪽이 부모님을 모시고 있는 경우라면 보다 큰 집을 세 얻어 가기도 어렵다. 남녀 양쪽에 자녀가 각각 있고 어느 한쪽이 어른을 모시고 있다면 살림을 합치는 것은 아파트로 건설된 도회지에서는 불가능에 가까워진다.

이 거주공간 문제가 남자들에게는 가장 큰 고민거리로 머리통을 짓누르는 것이다. 막상 여자가 생겨 재혼을 하고 살림을 합치려 하면 대출 받고 빚을 내도 복합가족을 수용할 만한 공간을 얻기가 힘들다. 정히 안 되겠으면 여자가 자신의 집을 빼서 새 공간을 얻는데 보태기도 하는데 그래도 힘들다.

힘든 것은 공간 확보만이 아니다. 단독 가정을 형성하다 갑자가 합치게 됨으로서 발생하는 여러가지 제반 문제들이 그에 가세한다. 각각의 질서 조절도 힘들고 자녀들도 힘들다. 상호 어려운 조건이면 당장 한 지붕에 모여 사는 것은 고려를 해 봐야 한다.

홀몸은 고슴도치와 같아서 서로 일정한 공간이 필요하다. 지난날에 대한 상처가 되었건, 현재의 조건이 되었건, 자녀와 재혼생활에 대한 불안이든 간에 가시가 있다. 서로의 가시가 서로에게 상처를 주지 않으려면 시간적 공간과 물리적 공간이 필요하다. 흔히 결혼정보회사는 이혼 후 삼 사 년 안에 재혼을 하라고 말하는데 그것은 가정에 대한 감각이 상실되고 혼자의 질서가 구축되어 버리기 전에 하라는 말이지만 바란다고 다 되는 것은 아니다.

재혼은 서로 아무것도 바라지 않는 백색의 상태가 되었을 때 하는 것이 가장 좋은 것이다. 혼자 살기 힘들다고 서로 의지하고 힘이 되자는 마음이 강할수록 바라는 것도 많아지는 것이다 바라는 것이 많아지면 그만큼 실망도 큰 것이다.

물리적 공간도 그렇다. 여건이 성숙되지 않았는데도 당장 붙어살아야 하는가에 대해 생각 해 봐야 한다. 남녀가 서로 미래를 약속하고 확실한 동반자 의식이 있다면 그까짓 것 좀 떨어져 살면 어떤가. 한 가족임을 선언하고 당분간 각자의 거주 공간에서 머무는 것은 어떤가. 거리가 멀다면 같은 동네 , 같은 아파트 단지로 이사 와서 곁에서 지내는 것도 대안적 방법이다 그렇게 해서 차근차근 거리를 좁히고 공간을 확대할 수 있는

재혼하면행복할까(개정판)

여건을 조성한 다음 한 공간을 이루어도 늦지 않고 충분하다. 재혼이라는 동반자적 결합은 천천히 발전시키는 것이며 그러기 위해서는 신뢰가 필요하고 자기 인내가 요구된다.

이렇게 한 지붕 두 가족 형태는 여건이 여의치 않은 재혼부부에게는 당장 공간확보의 어려움을 일정 부분 해소해주는 메리트가 있다. 공간이 독립됨으로써 오히려 각자 가지고 있는 개별 질서를 해치지 않고 서서히 서로에게 녹아 들어갈 때 까지 완충시간을 벌 수도 있다.

일례로, 남자는 혼자 작은 아파트에서 살고 있고 여자는 딸과 함께 살고 있었는데 남녀가 서로 오가면서 지내다 여자의 딸이 취업을 하여 자기 공간이 필요해지자 남자의 아파트를 내어주고 그때서야 남자가 여자의 집에 들어 왔다는데 물론 시간과 인내를 필요로 했을 것이다.

이런 한 지붕 두 가족 임시 형태가 세컨드 하우스(The second house)다. 내 집 말고 또 쉴 수 있는 공간이 하나 더 있으니 그도 좋지 않겠는가. 이렇게 임시 공동정부를 세운 다음 여건이 허락하는 대로 하나의 지붕에서 하나의 가정으로 이

전되는 것이 공간 확보 여건이 어려운 재혼 가정에 있어서는 대안으로 제시될 수 있다. 물론 이 경우 책임과 의무를 전제로 행해져야 하고 황혼 재혼일수록 더욱더 이런 형태가 바람직할 것이다.

●재혼가정의 거주 공간 내에서의 문제

미국처럼 땅덩어리 넓고 집 평수가 커도 재혼가정의 거주공간은 현실적 당면 문제로 부딪치는데 하물며 나라도 작고 인구밀도도 높은 이 땅에서 거주 공간 문제는 가장 먼저 넘어야 할 과제다. 인구의 절반이 아파트에 산다는 한국 사람들 대개가 서른 평 남짓한 공간에 산다. 방 세 개가 통상적 형태며 기껏해야 방 네 개 칸 아파트에 사는 사람은 좀 사는 축에 든다. 설사 방 네 개짜리 아파트에 산다고 치자 . 남녀 한쪽에 자녀가 한명씩만 있다면 모르겠으나 불행히도 두 명의 자녀를 양육하고 있는 한쪽이 있다면 좀 사는 축에 들어도 방을 할당하는 문제에 있어 골치가 아프다. 부부 침실에 아이를 꺼안고 잘 수도 없는 노릇이고 양쪽 자녀가 성이 다르면 더욱 공간 할당에

재혼하면행복할까(개정판)

신경이 쓰인다. 이 문제를 해결 하려면 오로지 복합가정을 수 용할 수 있는 더 큰 집을 구하는 길밖에 없다.

거주공간 문제는 자녀들에게 직결된다. 남성의 집에 여성이 들어오는 경우든 반대의 경우든 복합가정 자녀들 사이에는 영 토 침해와 경계선 의식이 생겨난다. 자녀들 사이에 문을 걸어 잠근다든지 내 물건에 손대지 말라는 날카로운 신호를 보낸다. 재혼을 결정한 두 사람은 핑크빛 구름 위에 올라타 있는 기분 일지 모르겠지만 아이들은 불안과 불만에 잠겨 있는 것이다. 헤어진 엄마 아빠를 다시금 만날 수 있을지, 엄마 또는 아빠가 재혼을 했으니 이제 나만의 엄마 아빠라고 할 수 없겠지, 헤어 진 엄마 아빠와 다시 같이 살 수 있는 기회는 없어지는구나, 우리집 강아지가 저 집 고양이 때문에 밥을 제대로 먹을 수 있 을까, 이런 복잡한 생각이 아이들에게 생겨나는 것이다. 비록 아이들을 위해 재혼을 했다고 해도 아이들의 불안은 쉽게 읽어 내기 힘든 것이다.

이렇게 아이들의 불안을 덜게 해 주려면 남녀의 감정에 의한 즉발적 결합은 피해야 한다. 그리고 재혼을 했다고 해도 그 즉 시 상대방 자녀를 훈육하겠다는 생각도 버리고 일정 기간 친밀

감과 유대감이 형성될 때가 거리두기를 유지해야 한다.

이처럼 남녀 모두 자녀들을 데리고 재혼하는 경우를 혼합가족 형태라 하고 여기서 노출되는 문제가 자녀 양육방식인데 각기 다른 방식의 룰과 규칙이 이미 세워져 있는 상태에서 이것을 어느 한쪽이 무시하고 일방적으로 훈육을 하려고 하면 저항이 생긴다. 저항은 자녀에게만 생기는 것이 아니고 새 배우자에게도 생긴다. 자신의 아이가 훈육을 받으면 마치 자신이 훈육을 받는 기분이 들기 때문이다. 그렇기 때문에 새 배우자 서로가 이심전심이 될 정도로 이해가 녹아 들어갈 때까지 시간이 필요하겠지만 자녀들 문제는 더욱 많은 시간이 필요하다.

재혼한 사람들을 만나 이런저런 이야기를 하다 보면 이런 말을 들을 수 있다. 상대방 자녀가 자신 몰래 친부 친모와 연락을 하고 비밀리에 만난다는 것이다. 그걸 안 자신은 뭔가 하는 생각이 들더라는 것이다. 남성이나 여성이나 엇비슷한 감정이 드는데 내가 밥 차려주고 방 청소 해 줘 봤자 자기 친 엄마 찾는데 내가 더 이상 무엇을, 내가 용돈 주고 학교 보내주고 그래 봤자 자기 친아버지 찾는데 내가 무슨 짓이야 이런 감정 말이다.

상대방이 감정이 이상해지지 않도록 자신은 전 배우자에 대해 일절 연락을 끊는데 아이들은 그렇지가 않다. 우리 말로 천륜 이라고 표현하는데 이 천륜을 굳이 막을 필요는 없는 것이다. 그럼에도 불구하고 천륜을 맘대로 차단하려는 시도가 종종 있다.

천륜을 인위적으로 차단한다고 해도 아이들에게는 두 가정이 존재하고 친 부/모도 동시에 있는 것이다. 비록 함께 하지는 않아도 말이다. 이를 막아서는 안 된다. 더구나 생모 생부와 함께 했던 기억이 있는 아이들은 더욱 그렇다. 아이들에게는 편부모가 재혼을 하여 하나의 가정을 꾸렸다 하더라도 말이다. 재혼 당사자들에게는 내키지 않는 일이겠지만 아이들이 친 부/모와 만나는 것이 정서에 유용한지 해로운지는 아이들 판단의 몫이지 재혼 남녀의 몫이 아닌 것이다. 남녀는 재혼을 하여 하나의 가정을 꾸렸다 하더라도 아이들은 가정과 가족의 개념이 서 있지 않고 중첩된 가족의 이미지만 갖는 것이니 상대방 자녀가

또 자신의 자녀가 생부 생모를 만나는 것에 대해 생각을 달리
해야 할 것이다. 이런 생각이 새 가정을 흔드는 것이 아니라
오히려 순조롭게 정착해 가는 것에 도움이 될 수도 있을 것이
다.

4. 동거 열풍과 그에 대한 시각

최근들어 특히 20~30대 젊은층을 중심으로 동거 열풍이 일고 있다. 저마다의 사연이 있겠지만, 우선은 '결혼'이라는 제도로 서로 묶이기 전에 '사전 탐색'작업 같은 것이 아닐까 한다. 서로의 경제력, 생활습관, 섹스 형태 등등에 관한.

동거는 물론 서구에서 들어온 타문화다. 하지만 언제부턴가 결혼 전 동거를 택하는 커플이 늘고 있고 이제는 그에 대한 사회 인식도 완만하게나마 변하고 있다. 그것은 좀 더 정확히 말하면 결혼전 '내놓고 하는 지속적 섹스'에 대한 인식의 변화라고 할수 있다.

굳이 동거를 하지 않고 결혼에 이른다 해서 상대방이 자신의 '첫상대'일 리 없는 요즘 세태에 동거는 어찌보면 솔직한 커밍아웃일 수 있다 .

물론 모든 동거가 다 결혼을 전제로 하는 것은 아니지만, 대부분은 결혼 이전의 예행연습쯤으로 인지하고 들어갈테고 그것은 결혼 후 '이혼'이라는 더 큰 비극을 막기 위한 포석일 수도 있다.

　설령 동거 자체가 목적이라 한들 그것이 꼭 비난받아야 할 이유는 없다. 굳이 서구의 사례를 들지 않아도 그 정도의 자기 결정권은 성인남녀라면 다 갖기 때문이다.

　그런데 모든 동거가 다 결혼으로 이어지는, 즉 '성공적인 것' 만은 아닐 것이다. 그렇게 '동거가 깨어질 경우'의 수를 대비한 정부 차원의 대책여부와 동거중 출산한 자녀에 대한 문제 , 그리고 현재 우리의 동거에 대한 시각을 알아보려 한다.

①동거의 장단점

　사전적 의미의 '동거'란 부부가 아닌 남녀가 한집 (한 공간) 에서 부부관계를 맺으며 함께 사는 것을 말한다. 이 '부부가 아닌 남녀'라는 것에 대한 사회적 편견이 존재한다고 볼수 있는데, 그것은 특별한 예로서의 '성性적 결합'에 대한 비판적 시각이라 할수 있다.

재혼하면행복할까(개정판)

2020년 결혼정보회사 d 에서는 미혼남녀 총 500명(남 250명, 여 250명)을 대상으로 '혼전 동거'라는 주제로 설문조사를 진행하였고, 미혼남녀들의 동거 의향을 물어보았다.

설문조사에 참여한 미혼남녀 총 500명을 대상으로 현재의 연인과 동거를 할 의향이 있냐는 질문에 남성 73.2%, 여성 42.8%가 기회가 된다면 동거를 할 것이라고 답했고 특히 '결혼 날짜가 잡히면 동거를 하겠다.'라고 답한 비율을 살펴보면 남성은 16%, 여성은 36.4%로 나타났으며, '하지 않겠다'라는 답변은 남성은 9.6%, 여성은 20.4%로 남성에 비해 여성들이 아직까지는 동거에 대해 소극적인 태도를 보이고 있는 것으로 나타났다.

그렇다면 동거의 장점과 단점은 무엇인가,라고 물었을때의 대답이다.

동거의 장점을 묻는 질문에 남성 응답자 35.2%는 '이해와 양보를 배운다'를 1위로 뽑았고 뒤를 이어 '이혼 예방(27.6%)', '생활비·, 데이트 비용절감(12%)'을 꼽았다. 반대로 여성의 경우에는 38.4%가 '이혼 예방'을 1위로 선택했고 '이해와 양보의 사전 학습(26.4%)', '매일 함께할 수 있음(8.8%)'이 뒤를 이었다.

반대로 단점에 대해서는 남녀 모두 '이별 후 피해가 크다(41.8%)'는 의견이 많았다. 이어 '임신 등 돌발상황(17.4%)', '몰라도 될 것까지 알게 된다(16%)'등이 동거의 단점이라고 생각하는 것으로 나타났다.

그리고 이 부분, 간과할 수 없는데 만약 애인의 동거 경험을 알게 된다면? 이라는 질문에는 다음과 같은 답변이 돌아왔다.

설문조사에 참여한 미혼남녀의 과반수가 넘는 51.8%는 '이미 지난 일이니 이해하고 결혼한다'라고 답해 동거에 대해서 어느 정도 이해를 한다는 반응을 보였고 이어 '기분은 안 좋지만 결혼은 한다(21.4%)', '파혼을 진지하게 고민한다(12.8%)', '절대 결혼하지 않는다(10.2%)'로 나타났다. 절대 결혼하지 않는다의 경우에는 2014년 설문조사 당시보다 5.3%가 감소해 과거에 비해 관대해진 동거에 대한 시각을 확인할 수가 있다.

(https://blog.naver.com/kdcc2022/223081629018)

재혼하면행복할까(개정판)

② 동거의 요소

부부가 아닌 남녀가 한집에 산다는 건 무엇을 뜻할까? 그것은 여러 요소가 유기적으로 작용,결합해서 나타나는 현상이라고 생각한다. 서로간의 애정을 기반으로 육신의 결합, 물질적 소비 등을 함께 한다는 뜻이다.

그런데 여기서 말하는 '애정'을 좀더 파고든다면 '성적 열망'의 또다른 이름이라 할 수 있다.

서로 좋아하는 감정이 생기면 서로를 만지고 싶고 키스하고 싶고 급기야는 섹스하기를 갈구한다. 이것은 연애의 지극히 일반적 코스이며 결혼이든 동거이든 모든 형태의 남녀의 결합 (물론 동성간에도)에 통용되는 예라 하겠다.

그렇게 사랑이라는 감정을 기반으로 육체의 결합이 일어나고 재화의 공유와 소비가 발생하게 된다.

요즘, 특히 코로나라는 세계적 재앙과 불황을 겪으며 동거 커플이 급속히 늘어난 것만 봐도 남녀가 한 공간에 사는 데는 물질이 큰 역할을 하는 것을 알 수 있다.

이것은 우리의 '결혼의 역사'를 봐도 똑같이 드러난다. 삼국시대 결혼의 한 풍습으로 남자가 여자의 집에 가서 일정기간 노동을 해준 후에 혼례를 치렀다는 기록이 남아있다.

언뜻 보기에는 동거가 막연히 서로의 육체를 탐하는 애정을 기반으로 한 욕구의 결과처럼 보이지만 그밑에는 '돈'이라는 요소가 만만치 않게 작용하는 것이다.

이렇게 맺어진 남녀(이 경우 동성커플도 마찬가지다)는 대부분 '결혼'전 서로를 알아가기 위한 사전 단계로 동거를 생각할 것이다.

그렇다면 동거를 성공적으로 마치고 결혼에 이른 경우 '이혼'이든 '불화'에 이르지 말아야 한다는 결론에 이르는데 현실은 그렇지가 않다. 그렇다면 동거가 반드시 '결혼의 사전단계'일 수도 혹은 그럴 필요가 없다는 결론에 이르게 된다. 그러니 동거가 결혼 후 이혼을 막는 만병 통치약은 절대 아닌 것이다.

동거는 그 자체로서의 의미와 명분을 지니는 것이고 또 그래야 한다.

물질적 기반이 어느정도 잡힌 상태에서 서로 좋아하는 남녀가 육체의 결합과 생활 전부를 공유한다는 개념이 보다 더 정확하고 솔직한 정의가 될 것이다. 즉, 결혼 여부는 '일단 살아보고 결정한다'는 심리가 개입되는 것이다.

그런데 문제는 살아보는 동안 손만 잡고 자지는 않는다는 것이고 이 부분에서 사회와 성sex이 부딪친다. 결혼 여부도 불투명한 관계의 남녀가 결혼이라는 제도를 거친 부부처럼 지속적으로 섹스를 해도 되는가,의 문제가 남는다.

흔히 이혼이나 결별의 이유로 '성격 차이'를 많이들 들지만 그보다 더 많은 이들이 '성性적 불만족'이 진짜 원인이라는 이야기가 돌 정도로 남녀 두 사람의 성적 만족도는 동거든 결혼이든 어떤 경우에도 주요한 변수로 자리한다.

이문제에서 틀어지면 제 아무리 경제적으로 윤택해도 그 커플은 파경에 이를 수밖에 없다. 그만큼 인간은 육肉의 동물이며 섹스는 그것의 화신인 것이다.

③ 동거는 반드시 결혼을 전제로 해야 하는가

우리가 섹스를 할 경우 반드시 훗날의 '결혼'을 염두에 두는 걸까? 그것은 아니라고 본다. 한순간의 영육의 합일, 그 자체를 즐기는 건 아닐까?

그래서 동거 기간에는 너그럽게 넘어가주는 상대방의 습관이나 단점도 결혼이라는 제도에 들어서는 순간 불거지는 일이 많다. 이런 의미에서도 동거가 곧 결혼의 준비단계라는 건 합당하지 않다는 결론에 이르게 된다.

특정 '제도'자체를 싫어하거나 혐오하는 사람도 많고 그것을 '기득권의 지배수단'으로 평가절하하는 사람도 있을 것이다. 그러므로 '동거만을 위한 동거'역시 지극히 개인적 선택이고 그만큼 존중받아야 할 일이다. 오히려 결혼이라는 제도를 통하지 않고 서로를 평생 책임지고 사랑한다는 것은 그만큼 인간의 원초적 욕구와 윤리의식에 충실하다는 이야기도 될 것이다.

그러므로, 모든 동거가 꼭 '결혼'을 전제로 해야 한다는 전제는 무지한 편견에서 나온 고집일 뿐이라는 결론에 이른다.

동거는 동거자체로, 그것이 결혼으로 가면야 좋지만, 설령 동거만으로 지속된다 해도 당사자들이 그에 불만이 없고 높은 행복지수를 획득할 수 있다면 그것만으로 충분히 가치를 얻는다 하겠다.

1. 결혼/가정에 대한 인식 변화 (공감/긍정 응답 비율, 4점 척도, %)

	2016	2022
동거(사실혼) 인정	50%	67%
혼전순결 비동의	37%	58%
이혼 동의	41%	56%
낙태 허용	27%	51%
동성결혼 허용	18%	21%

*출처 : 문화체육관광부, 2022 한국인의 의식·가치관 조사 결과, 2022.12(전국의 만 19~79세 성인 남녀 5,100명, 가구방문 면접조사, 2022.07.13~08.24)

④동거를 바라보는 한국인의 시각

재혼하면행복할까(개정판)

흔히들 결혼한다고는 사방팔방 알리면서도 동거한다는 사실은 가까운 친구나 지인에게만 알리는 경향이 있다. 심지어는 부모조차 자식이 동거하는 사실을 모르는 경우도 많다.

한국사회의 개방성의 문제기도 하지만, 아직은 동거 당사자들조차 쉬쉬하는 경향이 있다는 이야기다. 이렇듯 동거는 이율배반적 양상으로 번지고 있지만 그렇다 해도 동거 커플이 기하급수적으로 늘고 있는 것은 명확한 사실이다.

동거커플은 이름바 '틈새'에 끼인 유형이라 하겠다. 자유연애를 외치면서도 한편 제도권을 의식하지 않을수 없는 그런 형태의 결합을 뜻한다.

그렇다면 동거 커플을 바라보는 한국사회의 시선은 어떤가도 들여다 볼 필요가 있을텐데 최근 통계를 보면 동거, 낙태, 동성간 결혼등에 대해 많이 개방된 반응을 보이는 것으로 나타났다

또한 전연령대의 욜로yolo화 현상으로 미래보다는 '현재 삶의 중요성'을 우선 순위로 삼는것도 드러났다.

이렇듯 우리는 느리게나마 개인의 선택을 존중하는 방향으로, 그래서 '동거'에 대한 인식도 점차 개선되고 있음을 보여준다.

다시말해 군집에서 개인으로 존재감의 중요성이 넘어오고 있다.(https://blog.naver.com/pjuni391/223001372906)

위에서 언급한 전연령층의 '욜로화'는 이렇듯 결혼/동거 여부를 떠나 '현재가 즐겁고 만족하면 된다'는 식의 사고를 반영하는 것이며 그것은 어찌보면 '찰나주의'에 몰입하는 현상으로 풀이 될 수도있다. 더 나아가, 미래를 기약하기 어려운 데서 나오는 현상일 수도 있다는 지점에서 조금은 씁쓸하다.

⑤ 사실혼 동거와 단순동거의 차이점

흔히들 '동거'라 하면 '사실혼'과 같은 것으로 생각하는데 딱히 그렇지는 않다. 둘은 재산상속이나 기타 법적 보호를 받는 면에서 큰 차이를 보인다.

그래서 일단은 단순 동거와 사실혼 동거의 차이점을 살펴보기로 한다. 전자가 단순히 남녀가 함께 사는 것을 의미한다면 사실혼 동거의 경우, 혼인 의사를 가지고 함께 사는 것, 즉 타인이 봐도 '부부'로 보이는 경우를 의미한다.

그러나 흔히 '동거'하면 이 두가지를 묶어서 말하는 게 보편적이다.

문제는 단순동거일 경우 헤어지거나 부당파기되었어도 법적으로 보호조치가 거의 없다는 것이다. 그에 반해 사실혼 동거일 경우 법적 결혼 후 이혼에 버금가는 다양한 대책들이 마련돼 있지만 문제는 사실혼 동거를 입증할 자료와 증언이 갖춰져 있어야 한다.

관련 법규를 보면, 우선 사실혼 관계에 있는 두 사람이 함께 공유하는 자산은 관계를 파기하면서 재산분할로 지급 받을 수 있다. 또한 사실상 혼인관계에 있는 상태에서 배우자의 외도가 있었다면 자신이 받은 정신적인 고통에 대한 위자료를 청구할 권리를 갖는다. 그리고 혼인생활을 위해서 구입한 물건의 경우 사실혼을 일방적으로 파기한 피고가 점유하고 있어도 원고의 소유에 속한다. 배우자의 학대, 폭행이 사실혼 관계의 파탄을 몰고 왔다면 그로 인한 물질적, 정신적인 고통에 따른 위자료를 청구할 수 있다.

강제적으로 당한 성적 수치심으로 파기를 결심하는 경우 고소를 할 수 있지만 이를 뒷받침할 만한 녹취, 진단서 등의 증거가 필요하다.

피상속자가 상속 대상자를 사실혼 배우자로 지정하고 유언이 법적으로 문제가 없다면 재산 상속이 가능하다. 사실혼의 배우자가 산업재해로 사망하거나, 특정 연금 가입, 유공자 등의 혜택을 받고 있었다면 상대방은 유족 자격이 인정되어 보상을 받을 수 있다.

다음은 보상받지 못하는 경우인데, 기본적으로 사실혼 상태에서는 친족 관계가 발생하지 않기 때문에 사실혼 상태의 배우자가 사망하고 가족, 친척이 있다면 상속권이 거의 없다고 봐야 한다. 두 사람이 협의를 통해서 사실혼 관계를 해소하는 경우 재산분할, 위자료는 받을 수 없고 자신이 기여한 재산에 대해서만 보장받을 수 있다. 위자료나 재산분할을 청구할 경우를 대비해 녹음 파일이나 진단서, 문서 자료를 잘 보관해두는 것이 필요하다.

단, 위자료는 남녀의 협의 하에 깨진 관계에는 해당이 안 되

재혼하면행복할까(개정판)

고 일방적 파기일 경우에만 해당된다. 기본적으로 사실혼 배우자는 상속재산에 대한 우선권이 없기 때문에 따로 유언을 남기지 않았다면 재산을 상속받지 못하는 경우가 대부분이다. 그래서 아내, 남편이 사망하고 가족이나 친인척이 없다면 사실혼 배우자가 상속권을 갖지만 대부분 친인척이 있기 때문에 재산을 상속받지 못하는 경우가 많다.

하지만 오랜 시간 함께 사실혼 관계로 지낸 커플은 사실혼 관계 해소 후 재산분할 청구를 통해서 재판을 하면 어느 정도 재산을 분할 받을 수도 있다. 그리고 노년 동거층에 한해 사실혼 배우자가 사망 시 연금 등을 수령할 수 있는 제도를 운용하고 있다고 한다.

  사실혼 관계에서 태어난 자녀는 혼인 외의 출생자로 엄마의 성을 따르지만 사실혼 관계가 지속 되면 아버지는 양육비를 지급할 의무를 갖는다. 하지만 사실혼 관계가 해소되면 양육비 지급 의무가 사라지기 때문에 아버지가 친생자로 신고하거나 자녀가 인지청구소송을 통해서 법원의 확정을 받아야 한다.
(https://smtmap.com/%EC%82%AC%EC%8B%A4%ED%98%B C/)

재혼하면행복할까(개정판)

사실혼 동거의 가장 확실한 증거라면 결혼식을 올렸는지 여부와 자녀출산, 경제 공동체로서의 입증 자료 등이다. 또한 오랜 기간 함께 살았어야 하고 양가의 대소사에 참여해 누가봐도 부부로 인지될 수 있었어야 한다.

그러나 위와 같은 요건들이 충족된다 해도 케이스마다 인정 여부는 다 달라서 장시간을 함께 살고도 인정받지 못한 사례도 많다.

요약하면 사실혼 동거일 경우 설령 파국에 이른다 해도 일정 부분 법적으로 보상을 받을 수 있지만 현행법상 단순동거일 경우 거의 불가능하다는 것이 팩트(fact)인 것이다.

(https://blog.naver.com/kdcc2022/222897128126)

5. 짧은소설

①어긋난 만남

윤희는 이번에도 바람을 맞았다는 생각이 든다. 만나기로 한 시간에서 벌써 30분이 흘렀는데 재성에게서는 그 어떤 연락도 없다. 지난번에도 바람을 맞히더니 이번에 또 그러니 이 관계에 대해 다시 한번 생각해 봐야겠다는 생각이 든다.

윤희는 대학 선배면서 보습학원을 하는 지원으로부터 지원의 남편 후배 중 하나를 소개해준다는 제안을 받았고 그는 결혼 3년만에 아내가 암으로 세상을 떴다고 했다. 우리나이로 세살짜리 딸이 하나 있다고 했다.

윤희의 나이 이제 서른넷. 늦었다면 늦은 나이지만 요즘은 마흔이 넘어서도 곧잘 결혼들을 하는지라 그다지 급한 마음도 없었고 그 나름 전문직에 종사해서 먹고 사는것도 크게 걱정할게 없어 요즘 유행하는 '비혼'으로 갈까, 하던 차에 지원이 한번 그, 그러니까 사별남인 재성을 만나보라고 한 것이다.

딱히 이혼남이니 사별남에 대한 편견같은 건 없어서 윤희는 재성을 소개받는다는 것에 큰 거부감 같은 건 없었다. 게다가 이제 세살이라는 그의 딸까지 상상하면서 얼마나 귀여울까, 하는 생각을 해보기도 했다. 서로 마음만 맞으면 둘 사이에 아이를 하나쯤 낳고 살면 해결되는 문제려니, 했다. 그리고 전처소생인 그 딸에게도 새엄마로서 지극 정성을 다 할 수 있다고 생각했다.

문제는 재성이었다. 처음 소개 받는 날부터 윤희를 바람맞혔다. 말로는 클라이언트와의 미팅이 길어져 그랬노라며 사과 모드를 취하긴 했지만 그 늦은 시각에 고객과의 미팅이란 것도 설득력이 그닥 없었고 진짜 이유는 둘의 만남 자체를 꺼린다는 인상을 주었다.

윤희는 약대를 졸업하고 대학병원 약사로 근무하다 자기 약국을 낸 지 이제 1년째였고 재성은 건축일을 한다고 했다. 첫만남이 수포로 돌아가고 윤희는 중간역할을 한 선배 지원에게 더이상 소개 받을 마음이 없다고 딱 잘라 말했다. 지원도 미안했

재혼하면행복할까(개정판)

는지 알겠노라며 재성 대신 사과를 했다. 그런데 그러고 얼마 후, 이번에는 재성이 직접 연락을 해온 것이다.

윤희는 약국이 한참 바쁜 시간 얼결에 그의 전화를 받고 본능적으로 이 만남을 피해야 한다는 생각을 했다.그래서 '나중에 전화드릴게요'라며 일단락을 지었다고 생각했지만 그날 밤 집에 돌아온 그녀가 막 샤워를 끝낼 무렵 재성은 다시 전화를 걸어와 지난번에 못나갔으니 이번에 만회할 기회를 꼭 달라고 간청하다시피 했다.

윤희는 그 말에 잠시 짜증이 일었지만 일단 한번은 보고 퇴짜를 놓더라도 놓아야겠다는 생각에 그 다음 주말로 약속을 정하고 전화를 끊었다. 그리고는 잊어버리고 있는데 약속 하루 전날, 그런 윤희의 심정을 간파라도 한 것처럼 재성은 메시지로 다시 한번 자신들의 만남을 확인시켜주었다. 더 이상, 잊어버려서 못 나갔다,하는 말이 통하지 않게끔 그 나름으로 수를 쓴 셈이다.

그리고는 신촌 y 대 근처 까페에서 그녀는 재성을 처음으로 보게 되었다. 그는 지난번에 펑크를 낸 게 마음에 걸렸는지 이번

재혼하면행복할까(개정판)

에는 약속 시간보다 먼저 나와 있다. 메시지 프로필 사진으로
서로의 얼굴은 알고 있는지라 서로를 알아보는 게 어렵지는 않
았다.

그러나 실제로 본 재성은 프로필보다 훨씬 어려 보였고 호리호
리한 체격에 단정한 헤어스타일, 그리고 세련된 메너가 전형적
인 도시 엘리트임을 말해주고 있다.

"지난번 미안했습니다."
"....저는 다 끝난걸로 알고 있었는데요"
" 변명 안할게요.. 전처한테 미안한 마음도 있고 그래서..."
"그럼 클라이언트 애기는..."
"미안합니다. 약속시간까지 내내 고민하다 ..."

윤희는 순간 이 남자는 안되겠다 싶은 마음이 들었다. 본격적
으로 서로 사귀기도 전에 이렇게 몸을 사리고 예전 사람에게
묶여 있어서야...라는 생각이 들어 밥이나 벅고 빨리 이 관계를
끝내야겠다고 결심한다.

"어디 가서 밥 먹을까요?"

윤희의 제안에 재성은 근처 프렌치 레스토랑을 잘 안다고 그곳으로 가자고 한다.

그렇게 윤희와 재성은 그날 저녁 같이 밥을 먹었다. 그리고 디저트가 세팅될 즈음 윤희는 자기의 의사를 분명히 밝혀야 한다는 생각이 든다.

"우리...친구하죠"

그 말에 재성의 얼굴이 잠시 굳어진다. 그러나 그는 이내 애써 웃어보이며 말한다.

"내가 마음에 안드는군요"

"아뇨...좋은분인데, 아직 마음 정리가 덜 되신거 같아요. "

그 말 뜻을 알아들었다는 듯이 재성은 살짝 고개를 숙인다. 그리고는 무의식적으로 주머니에서 담배를 찾는 시늉을 한다.

그 모습에 윤희는 웃음이 비져나온다.

"여기 금연인데요"

그말에 재성이 멋쩍은 미소를 지어보인다.

그렇게 둘은 다음을 기약하지 않고 신촌에서 헤어져 서로 다른 방향으로 길을 잡는다. 이것으로 끝났다 생각하니 윤희는 후련하면서도 헤어지는 인사를 한 뒤 힐끔 돌아봤을 때 눈에 들어온 재성의 뒷모습이 조금은 애처로웠다.. 하지만 인연이 아니면 애초에 시작을 말아야 한다고 그녀는 생각했다.

윤희의 옛남자 정민과의 쓰라린 이별을 생각하면 두번 다시 남자로 인해 마음을 다치는 일 따위는 당하고 싶지 않은 그녀였다. 해서 그녀는 재성을 빨리 잊어야겠다 생각하고 더더욱 일에 몰두했다.
그러던 어느날 난데없는 소나기가 퍼부어 약국 앞에 우산통을 내놓으려 하는데 누군가 떡하니 유리문 앞에 버티고 서있는걸 보고 그녀는 너무나 놀라 하마트면 소리를 지를뻔 했다.

"접니다"
귀에 익은 목소리...
그녀의 시선이 아래서 위로 천천히 올라간다.
검은 우산을 받고 재성이 서 있다.
이게 무슨 상황이란 말인가....
그녀는 당황해서 의례적 인사조차 나오지 않는다. 둘은 지난번 그렇게 끝난 사이가 아닌가. 그런 그가 그녀를 불쑥 찾아온 것이다.

재혼하면행복할까(개정판)

"어제 술을 좀 마셔서요. 숙취해소할 거줌..."

그말에 윤희 마음의 빗장이 스르륵 풀린다. 세상 천지에 약국이 여기 뿐인 것도 아닌데...이 남자 보기보다 저돌적이네...

"들어오세요 일단"

그녀가 안내하자 재성은 우산을 접고 그녀를 따라 약국 안으로 들어선다.

우산을 받고 있었음에도 그의 한쪽 어깨는 온통 젖어있다. 그 대로 두었다가는 감기라도 걸릴거 같아 그녀는 마른 수건을 그에게 건넨다.

"하루 종일...안 답답해요? 여기 갇혀 있으려면"

그녀가 건넨 수건으로 자신의 젖은 옷을 털며 재성이 부드럽게 물어온다 오래된 연인처럼.

그말에 윤희는 이 남자가 외롭구나 싶다. 그녀가 숙취해소제 한 병을 냉장고에서 꺼내 내밀자 그가 받으며 물어온다.

"이런 거군요 약사 여친을 둔다는게"

그날밤 윤희는 가지 않고 계속 기다리는 재성이 신경쓰여 한시간 앞당겨 약국문을 닫았다. 그리고는 곱창집에 마주 앉아 소주 한병을 나눠 마신다. 술이 조금 들어가자 둘의 얼굴은 벌겋게 달아오른다. 윤희의 잔이 비자 재성은 기다렸다는 듯이 그

잔을 채워준다. 그러면서, 오늘 좀 늦어도 되죠?라고 속삭이듯 말한다.

결론부터 말하면 그날밤 둘은 함께 밤을 보냈다. 1박에 5만원 하는 싸구려 모텔에서....정사가 끝나고 윤희는 샤워를 하면서, 이렇게 결혼이란 걸 하게 되나보다, 생각에 빠져든다.

그날 이후로 둘은 거의 매일 보다시피 했고 어느날 지방 현장에 같이 가보겠냐는 그의 제안에 윤희는 고개를 끄덕인다.. 현장 근처에 '노을이 죽여주는' 큰 강도 있노라며 재성은 그녀를 유혹한다.

그녀는 하루 약국을 쉬기로 하고 평일에 그의 차에 올라 u시로 내려간다. 그의 건설현장이 있는 그곳으로. 현장을 지휘하는 재성의 모습에 윤희는 듬직한 사업가로서의 그를 새롭게 발견한다. 그러면서 그와 사는 게 어쩌면 행복할지 모른다는 생각에 빠져든다. 현장을 점검한 재성은 약속한대로 차로 30여분을 달려 노을이 아름답게 내리고 있는 그 '강'으로 그녀를 안내한다.

그는 차를 세운 뒤 보란듯이 물수제비를 하나 뜬다. 윤희도 따

재혼하면행복할까(개정판)

라해 보지만 잘 되질 않는다. 그러자 재성이 씩 웃으며 윤희를 돌려세워 자신과 마주보게 한다. 그렇게 둘은 노을을 배경으로 긴 입맞춤에 들어간다.

이제 세살인 정이는 지금 재성의 장모, 그러니까 재성의 처가에서 키우고 있다고 한다. 그는 강가 펜션 창 너머의 조금은 이지러진 달을 보면서 딸 이야기를 하기 시작했다. 그렇게 어린 딸을 놓고 눈을 감은 '아이 엄마"가 너무나 안됐다는 생각에 윤희는 등을 보이고 서있는 재성에게로 다가가 뒤에서 살포시 안는다. 그가 아이 이야기를 오픈한게 고마웠다.

그러나 u시를 다녀온 이후로 재성의 연락은 뜸해졌고 거의 매일 보다시피 하던 것도 점차 텀이 길어졌다. 손님이 없는 시간이 되면 윤희는 초조와 갈등에 시달려야 했다. 그렇게 그녀는 재성의 연락을 손꼽아 기다리게 되었고 그럴수록 재성은 점점 더 뒷걸음치는 모양새를 취했다.

이제와서 새삼 '밀당'을 하는건가? 결혼 전 마지막 밀고 당김의 순간이 온 건가, 그녀 나름대로 이리저리 머리를 굴려보지만 변덕스러운 재성의 행동을 이해하기엔 역부족이었다.

"우리...결혼, 하는거 맞아?"

거의 일주일만에 마주한 재성에게 윤희가 조심스레 물어본다. 그러자 재성은 '결혼?'하고는 뜬금없다는 듯 두 눈을 크게 뜬다. 그런 재성의 모습을 보면서 윤희는 결혼으로 가고 있다고 생각한 게 커다란 오산이었음을 깨닫는다. 윤희는 순간 이 결혼이 , 그 과정부터 순탄치 않다는 판단이 내려진다. 이쯤에서라도 접어야 하는 게 아닐까....

" 좀 이른 거 아닌가?"

윤희가 내뱉은 결혼이란 단어에 반응하는 재성의 모습이 너무나 차갑다.

"그럼...그만 할까?"'

윤희가 이별을 암시하자 재성은 어이없다는 표정을 짓는다.

"우리가 스무살 애들도 아니고...잠 몇번 잤다고 "

"알았으니까 그만해..그만하라고"

하고는 윤희는 옆에 놓인 핸드백을 집어들고 뛰듯이 까페를 나갔다. 그래도 뒤따라 나오려니 했던 재성은 끝내 나오질 않는다. 그날, 그녀는 하필 새로 산 하이힐을 신고 나가 뒷꿈치가 다 까지고 만다.

그렇게 절뚝이며 간신히 집에 도착한 윤희는 상처부터 손보기 시작한다. 알콜로 소독을 하는 순간 그 통증이 온몸에 짜릿하게 번져간다. 그녀는 악!하고 비명을 지른다. 그러자 잦은 만남과 몇번의 동침으로 쉽게 결혼까지 생각했던 자신이 죽도록 못났고 싫어졌다. 그날저녁, 그녀는 저녁마저 거른채 끝도 없는 잠에 빠져든다.

재성과는 그렇게 다 끝났다고 여기면서도 약국 유리문에 달린 종이 울릴때마다 윤희는 혹시나 했다. 그러나 재성은 한 달이 지나도록 연락이 없다....윤희의 기억에서 점점 그의 모습이 형태를 잃어갔다. 키가 큰 편이고 말랐다는 것 외에 기억나는게 거의 없다시피 한 걸 깨닫고 윤희는 조금은 쓸쓸해진다.

그렇게 차를 몰고 윤희가 아파트 단지에 들어서던 어느날, 어디선가 짧게 경적이 울린다. 그녀는 순간 온몸이 얼어붙는다. 아니나 다를까, 재성이 다가오는게 사이드미러에 잡힌다. 이 남자는 이렇게 불쑥 남의 삶에 함부로 들어와서는 있는대로 흔들고 휘젓고 아무일도 없었다는 듯이 또 떠나겠지...

재혼하면행복할까(개정판)

"생각이 계속 나서..."

그말에 윤희는 와락 그의 품으로 파고든다. 두눈 가득 맺혀있던 눈물이 주루룩 흘러내린다.

"애엄마한테 갔다오는 길이야. 당신 얘기했어"

그 주말 윤희는 재성과 함께 서울외곽에 자리한 '그녀'의 납골묘를 찾는다. 유리 너머 영정사진 속 그녀는 눈부시게 아름다운 미소를 짓고 있다. 대단한 미인이라는 생각이 든다.

"정이 걱정 마세요 . 잘 키울게요"

그렇게 윤희는 '그녀' 에게 굳은 약속을 한다. 그런 윤희의 모습을 재성은 먼발치에서 바라보았다..

윤희의 집으로 돌아오는 차 안에서 재성은 준비해둔 반지를 윤희의 손에 끼워준다. 윤희가 놀라하자 " 우리, 결혼하는거 아니었어?"라며 그가 해맑게 웃어보인다.

그리고는 양가 부모를 빠른 시일에 찾아뵙기로 둘은 말을 맞춘다.

그러나 재성이 윤희의 부모에게 인사를 가기로 한 날 그는 아침 일찍 메시지를 보내온다

"현장에 급한 일이 생겼어. 인사는 다음에..."

그 메시지를 몇번이나 곱씹던 그녀는 다투고 싶지 않다는 생각에 마음과는 다른 답문을 보낸다.
"알았어. 일 천천히 보고 조심해서 올라와".

그렇게 양가부모에게 찾아가는 일은 차일피일 미뤄지고, 어쩌다 재성이 윤희를 안는 일이 있어도 그는 전과 달리 되도록 빨리 끝내려고 서두르는 기색을 보였다. 키스니 전희니 그런것도 다 빼고 그는 채 발기도 안 된 자신의 남성부터 그녀에게 집어넣는다. 이 사람이 내게서 또 멀어지는구나..

"안되겠어. 집사람한테 못할짓 같고. 너한테도 미안하고"
어느날 재성이 다 늦게 윤희를 찾아와 선전포고하듯 내뱉는다.
"뭐가? 뭐가 그렇게 미안해? 죽은사람인데."
"그렇게 말하지 마!"라며 그가 버럭 소리를 지른다.
"넌 그런말도 못 들어봤어? 사별자 안에는 영원한 방이 있다는 거?"
그말에 윤희는 발끈 화가 치밀고 더는 재성을 참아낼 여력이 없음을 느낀다. 그렇게 둘은 같은 말을 되풀이하며 밤새 다투고 동틀 무렵 결별에 동의했다.

재혼하면행복할까(개정판)

그러나 며칠후 술이 불콰하게 오른 재성은 다시 찾아왔고 격하게 그녀를 안는다. 지난번에는 미안했다고...
그녀는 이제 될대로 되라는 식이 돼버린다.

그런 다음 그에게서는 또다시 연락이 없다. 이젠 끝났나보다, 싶으면 불쑥 약국으로, 집으로 그는 찾아온다. "너 정이 키울 자신 진짜 있어?"
그 말을 들으면서 윤희는 이제 재성에게서 벗어나고싶다는 생각을 한다. 그가 변덕을 부릴 때마다, 흔들릴 때마다 자기가 받는 고통을 더 이상 방치할 수 없다고 생각한다.
"우리 끝내자 완전히"
그렇게 그녀는 일방적으로 통보하고 고개를 떨군 그를 뒤로 하고 까페를 나섰다.

더이상은 못가겠다는....
재성 안의 그 완고하게 자리하고 있는 '그 방'에 자기가 졌다는 사실을 받아들이기로 한다. 그리고는 당분간 연애 따위는 하지 않겠노라 그녀는 다짐한다.

한밤중에 울리는 전화벨은 불길함을 안겨주는 것이기에 그녀는 한참을 휴대전화 액정을 들여다보다 전화를 받는다.

"안되겠어. 니가 지워지질 않아"

재성의 그 말에 그녀는 아랫입술을 질끈 깨문다.

"내일 만나. 너 힘들게 한거 내가 다 보상할게"

그는 전화너머에서 진심을 담은 목소리로 그녀에게 간청응 한
다. 그리고는 그 다음날 그 어떤 연락도 없이 그녀를 바람맞혔
다.

그리고는 사흘후, 퇴근 무렵 다시 전화가 걸려왔다. 내일은 꼭
만나자고 그가 말한다. 윤희는 이제 자신이 바보가 된 느낌이
다. 안 나간다고 했으면서도 줄곧 시계만 쳐다보며 퇴근을 손
꼽아 기다린다. 그러나...

윤희는 이번에도 바람을 맞았다는 생각이 든다. 만나기로 한
시간에서 벌써 30분이 흘렀는데 재성에게서는 그 어떤 연락도
없다.

윤희는 더이상 기다린다는게 소용없다고 생각해 레몬차를 한잔
더 주문하고는 마시지도 않은채 까페를 나선다. 거리엔 비를
품은 바람이 스산히 불고 있다.

재혼하면행복할까(개정판)

② 이별키스

아내, 아니 전처 미경은 아들 환이의 양육비를 더 달라는 내용
의 메시지를 보내오고 있다. 군이 법적으로 갈 필요가 있는가
싶어 둘은 협의이혼하에 환이의 양육비를 자의적으로 결정했고
둘 다 분명 그에 합의했는데 이제 와서 미경은 돈을 더 요구하
는 것이다.

아무리 갈라섰어도 ,누가 키우든 그래도 환이는 진수의 자식이
기도 해서 경제적 여유가 있다면야 더 주고 싶지만 지금 진수
의 사업도 근근이 이어가고 있는 형국이라 그럴 형편이 아니다.
그런 말을 아무리 해봐야 미경은 그러면 환이를 진수의 친가로
보낼 수밖에 없다고 협박처럼 말하곤 한다. 그래도 자식을 낳
은 어민데,.진수는 미경이 치가 떨릴 지경이다.

저런 여자와 6년을 살을 섞고 살았다는 게 믿기지 않을 만큼
지금 생각해도 진수는 미경과의 결혼이 심한 오류였음을 거듭
확인하게 된다. 진수는 적지 않은 돈을 양육비로 보내고 있는
데 거기에 더 필요하다는 것은 아무래도 납득이 가지 않는다.

재혼하면행복할까(개정판)

하지만 사치가 심했던 미경을 생각하면 그나름의 그림이 그려지기도 한다. 하지만 그걸 파고 들면 환에게 영향이 갈까 봐 진수는 캐묻지도 못한다.

그래도 아이는 엄마가 키우는게 좋다는 주위의 조언도 있고 자신 또한 그리 생각해서 진수는 꾹 참고 미경의 투정을 나무라지 않고 '좀 기다려봐'라고 조금은 유하게 그녀를 대한다.

진수는 중국에서 소품 위주의 리빙용품을 수입해 국내에 판매하는 사업을 자그맣게 운영하고 있고 직원이래봐야 두엇이 전부다. 그런데 얼마전 그 직원 중 하나가 사직 의사를 밝혀왔다. 하긴 급여인상을 여러번 건의했던 그로서는 그것이 받아들여지지 않자 사직을 할수 밖에 없게 된것이고 그러자 남은 직원 역시 뒤숭숭한지 일에 집중도 않고 진수가 자리를 비우면 딴짓거릴 하는 눈치다. 이래서는 안되겠다 싶어 이번엔 진수쪽에서 그를 해고했다

그렇게 달랑 둘 있던 직원 모두를 내보내고 나자 진수는 그들이 하던 일까지 맡아 하느라 그야말로 눈코 뜰 새 없이 바빠졌다 . 이번엔 중국어, 영어가 다 되는 사람을 뽑는 대신 기본 페이를 좀 높게 가면 될 것이라는 판단하에 그는 구인광고를 냈

고 그렇게 몇 사람을 면접한 다음 최종 회원으로 결정을 봐서
통보를 했다.

회원은 나이 마흔에 아직 싱글인 이른바 만혼녀였다. 하긴 요
즘 세상에 나이 마흔 넘어서도 결혼하는 예가 흔하니 만혼이란
말이 어울리지 않는다는 생각은 들지만 그래도 면접때 힐끔 본
그녀의 눈가엔 주름이 자글자글했다. 분명 관리를 하고 있는
눈치였지만 세월을 누가 이기랴...

그녀는 이른바 명문대 영문과를 나와 외국계 회사를 한 10년
다니다 얼마 전에 그만두고 자기 사업을 하다 그것도 잘 안돼
서 지금 쉬고 있다고 했다. 영어는 물론 중국어도 가능하다는
말에 진수는 나이도 좀 있으니 책임감있게 일을 해주려니 하는
마음에 그녀를 뽑았다.

젊었을적엔 이뻤겠다고 진수는 생각한다. 그리고는 그녀의 첫
출근날 회원은 단정한 벨벳 원피스를 입고 정각 9시에 맞춰 사
무실 문을 열며 들어선다.
아니 일할 사람이 벨벳이라니...하고 진수가 어이 없어하자 그
마음을 간파하기라도 한듯 '오늘 저녁에 친구 약혼식이 있어서

요'라며 그녀는 묻지도 않은 이야기를 한다. 진수가 빈자리 아무 데나 쓰라고 하자 그녀는 안쪽 자리를 골라 그 앞에 앉아 능숙하게 컴퓨터를 켠다.

"파워포인트는 할줄 알죠?" 진수의 물음에 그녀는 "해볼게요"라며 검색을 하기 시작한다. 그게 좀 답답해 보인 진수는 자기가 봤던 파워포인트 관련서를 그녀에게 갖다 준다. 그러자 그녀는 수줍은 듯 그 책을 받아들며 고맙다는 눈인사를 보낸다. 선한 인상이다...

"친구 약혼이 저녁이면 일찍 퇴근해야겠네?"라며 진수는 자연스레 말을 놓아본다. 그러자 "아뇨. 저녁 7시예요. 일 다 끝내고 가면 됩니다"라며 그녀가 조곤조곤 대답한다.
순간 진수는 매사에 자기 의견을 내세우며 자신을 제압하려던 전처 미경이 떠오른다. 결국엔 그 갈등이 커져 이혼까지 이른 것이다.

회원은 자기 말대로 저녁 6시가 조금 넘게까지 업무를 보더니 "그럼 저는.."하며 주저주저 자리에서 일어난다. "네 ,가보세요. 차는 있나요? 지금 택시 잘 안 잡힐텐데" 하자 "지하철 타면 됩니다"라고 깍듯이 인사하고 사무실을 나간다. 희원에게는 면접때 따로 이야기하지 않았지만 일단 3개월 수습을 거쳐 이후에 월급을 올려줄 생각이다. 그러기 위해서는 이번 중국 출장이 반드시 성과가 있어야만 한다...

희원은 밤새 파워포인트를 익혔는지 다음날 진수가 준 관련서를 되돌려주었다.
"밤 샜나보네"
"하루쯤은 괜찮아요."
웃는 그녀의 입가에 역시 자잘한 주름이 보인다. 동그랗고 작은 얼굴에 이목구비는 나름 크고 또렷하다.
그녀의 나이가 마흔이니 진수보다 두살 아래인 셈이다. 어쩌면...이라는 상상을 하다 진수는 고개를 젓는다. 마흔이어도 저쪽은 처녀고 자기는 애가 딸린 이혼남이란 걸 떠올리며 그는 도둑처럼 스며드는 연정을 애써 외면하려 한다.
"오늘 저녁 제가 식사 대접해도 돼요?"
희원은 제법 당돌하게 저녁을 같이 하자고 제안해 온다. 딱히 다른 선약도 없고 해서 진수는 그러자고 대답한다 . 돌아서는데 어깨까지 내려오는 그녀의 머리카락이 살짝 바람을 맞은듯 흩날린다. 저여자는 어떤 샴푸를 쓸까?

재혼하면행복할까(개정판)

"실례가 안된다면 왜 여태 혼자.."""

그날 저녁, 퇴근후 국밥집에서 둘은 마주 했고 진수는 애써 용기를 내서 물어본다.

"실은 약혼까지 간 남자가 있었어요"라며 그녀 역시 용기를 내서 대답하는게 읽혔다.

"그런데....?"

"약혼직전 알게 됐어요. 남자한테 오래 된 여자가 있다는걸"

"저런..."

누구든 사연없는 사람이 없구나 싶어 진수는 남은 잔을 마저 비운다. 그러자 저도 비었는데,하면서 희원이 자기의 빈 잔을 진수에게 살짝 내민다. 그 잔에 진수는 소주를 반쯤 채워준다. 그러자, 희원은 , 저 술 세요,라며 다 채워줄 것을 요구했고 그렇게 진수는 그녀의 남은 잔 가득 술을 부어준다.

그러나 희원은 술이 세지 않았고 그날밤 결국 둘은 근처 모텔로 향했다. 대리운전을 불러 그녀의 집까지 데려다줄까 생각도 했지만 진수는 순간 '이 여자를 안고싶다'는 유혹에 굴복하고 말았다. 그렇게 둘은 함께 밤을 보내고 다음날 새벽 ,취기가 가시지 않은 얼굴로 희원은 그의 가슴을 파고들며 작게 흐느낀다...이 여자에게 내가 상처를 줬다는 생각이 진수를 어지럽게 만든다.

이후로 진수는 애써 차갑게 희원을 대한다. 아무 하자없는 서류를 트집 잡고 제때 업무 메일을 보내지 않았다고 심하게 야단을 친다. 그러면 희원은 아무런 대꾸도 하지 않고 처음부터 다시 서류를 작성하고 메일을 서둘러 보내면서 자기의 맡은 바를 묵묵히 해낸다. 하룻밤 안은 여자를 매몰차게 대하는 자신이 나쁜 놈이라는 생각에 진수는 괴로워하면서도 저 여자 정도면 너끈히 자기보다 더 좋은 배필을 만날 거라는 생각을 하며 애써 그녀에 대한 마음을 줄여가기로 한다.

그러다 어느날 아침 사무실에 출근한 진수는 여태 희원의 자리가 비어있는 걸 보고 가슴이 쿵 하고 내려앉는다. 설마...이렇게 그녀가 간 걸까....하는데 전화벨이 울린다. 받았더니 희원의 전화다.
"죄송해요. 갑자기 맹장이 "
라는 말에 진수는 만사를 제쳐놓고 그녀가 입원해있는 대학병원으로 차를 몬다. 몇 번의 멈춤 신호를 무시해가면서까지. 그리고는 그녀의 병실 앞에 도착해 그는 깨닫는다. 이미 이 여자를 자기 안에서 쳐내는 건 불가능함을.

그렇게 시작된 희원과의 관계는 이후로 큰 갈등없이 진행되었고 어느날 진수는 희원에게 아들 환의 이야기를 하기로 마음먹는다. 그녀가 그 부분을 수용한다면 진수는 그녀에게 청혼할 셈이다.

"애가 여섯살이야. 지금 유치원 다니지"

"애는 누가..."

"전처가 키우고 있어"

"애기는...누구 닮았나요? 당신 닮았다면..."

'당신'이란 단어를 오랜만에 듣는터라 진수는 머쓱하면서도 그런 희원이 한없이 사랑스럽다...이 여자와 결혼이란걸 해야겠다는 생각을 한다 . 이후로 주말이면 둘은 서로의 집에서 함께 밤을 보냈다. 같이 밥을 먹고 커피를 나눠마시고 함께 샤워를 하고...

"재혼?"

전화너머 전처 미경이 뜨악하게 물어온다.

재혼하면행복할까(개정판)

"응. 나 결혼할거 같아 조만간"

진수는 왠지 희원의 이야기를 미경에게 해야할 것 같다. 마치 학생이 선생에게 보고하듯.

미경은 한참 뜸을 들이더니 마지못해 "축하해"라고 덤덤하게 말한다. 그러더니 이어서

"그럼 환이는? 그 여자가 키운대?"라고 냅다 물어온다.

어느정도 예상한 질문이어서 진수는 "그건 좀더 얘기해보고 답해줄게"라며 전화를 끊는다.

"새엄마 될 분이야. 환이 인사해야지"

진수는 잔뜩 주눅이 들어 자꾸 자기 뒤로 숨는 환을 다독이며 희원을 소개한다. 희원역시 긴장을 했는지 미소짓는 입가에 작은 경련이 인다.

"아줌마랑 친해지자"하며 그녀는 환에게 수줍게 악수를 청한다. 그러자 환은 물끄러미 진수를 올려다본다. 진수가 고개를 끄덕이자 환은 수줍게 희원의 내민 손을 잡는다.

"오늘 파스타 먹을까? 우리 환이 좋아하잖아"라는 말에 환은 고개를 끄덕이고 희원도 그제야 마음이 놓이는지 환하게 웃는다. 모든게 순조롭게 풀려갈 거 같다는 생각이 든다.

처음엔 이혼력이 있다고 반대하던 희원의 부모도 그가 두세번을 계속 찾아가 읍소하다시피 하자 서서히 마음을 여는듯 했다 희원의 부모가 사는 단독 주책을 나서는데 희원이 살짝 진수의 팔짱을 껴온다. 그리고는 예의 그 해맑은 미소를 지어보이며 드레스는 가슴 파이지 않은 단정한 걸로 하고 싶어,라며 그의 어깨에 머리를 기대어 온다. 이런 여자라면 환이도 잘 키워줄 것 같다는 생각이 든다

희원과 함께 한 중국 출장은 기대 이상의 성과를 거두었고 돌아오는 비행기 안에서 진수는 어쩌면 회사 규모를 키울수 있겠다는 희망을 걸어본다. 희원은 외국계 회사를 다니면서 해외출장을 자주 나갔지만 중국은 처음이라며 상하이 야경을 보며 탄성을 지르기도 했다. 그러면서, 우리 신혼여행으로 여기 다시 오자며 그를 졸랐다.

조만간 양가 상견례만 마치면 둘은 더 늦출것 없이 결혼에 들어가면 되는 상황이다...
희원이 지금 사는 아파트를 전세로 둘리고 진수의 집으로 들어오기로 해서 진수는 방 하나를 비우기로 마음 먹고 휴일을 맞

아 열심히 방 정리에 들어간다. 한참을 그러다보니 어느새 온몸이 땀에 젖는다. 원래는 회원과 함께 정리를 하기로 했으나 그녀가 급하게 지방으로 조문을 가게 돼서 진수 혼자 하고 있다. 그러고 있는데 초인종이 울린다. 진수는 회원인가 싶어, 수건으로 얼굴의 땀을 닦으며 현관으로 향한다. 도어스코프로 확인도 않고 문을 연 그는 회원이 아닌 전처 미경이 서 있는데 깜짝 놀란다. 당신이 어떻게...

"들어오란 얘기도 안하네?"하면서 미경은 스스럼 없이 진수를 스쳐 안으로 들어선다.
"왜...웬일이야?"
"마실 것두 안주네?"하며 그녀는 또다시 자연스레 주방으로 향한다. 커피 머신도 없이 살아? 내가 하나 해줘야겠네? 하고는 커피 포트에 물을 담아 전기 스위치를 누른다.
"왜 왔는지는 얘기해줘야 하는거 아닌가?"
진수의 물음에 미경은 잠시 침묵하더니 결심한 듯 대답을 한다.
"우리 사이엔 환이가 있어..."
"그래서"
"당신은 환이 아빠고 난 환이 엄마야"
"그래서...당신 하고 싶은 말이 뭐야?"

"아직 서류에 도장 찍은 거 아니면...우리 합쳐 다시."

그 말에 진수는 아득해지는 느낌을 받는다. 이혼하자고 악다구니를 써대던 그때의 미경이 이제는 재결합을 하자고 그를 몰아세운다.

"내가 그 여자 한번 만나볼까?"

그 말에 진수는 그녀의 뺨이라도 휘갈기고 싶은 걸 간신히 참는다.

"그런 말 할거면 그만 가. 돌아가"라며 진수가 미경의 팔을 부여잡자 그녀는 그대로 진수의 목을 휘감아온다. 진수가 움찔하는데도 그녀는 강제로 그의 입술에 자기 입술을 갖다댄다.

"무슨 짓이야!"하고 진수가 그녀를 떼어내자 그녀는 다시 한번 애원하듯, 강요하듯 말한다. 자기들한테는 환이가 있다고...

진수의 어두운 얼굴에 희원은 무슨 일이 있다는 걸 직감적으로 깨닫는다. 하지만 그리 쉽게 나올 대답은 아니라고 생각한다. 희원은 자기 무릎을 베고 누워있는 진수의 이마를 덮고 있는 앞머리를 가지런히 해준다. 한참을 그렇게 있던 진수는 힘겹게 일어나 앉더니 한숨을 푹 내쉰다.

"우리, 작은 결혼식 어때?"

희원이 묻자 진수는 대답이 없다. 둘의 결혼에 무언가 차질이 생겼음을 그녀는 직감하고 두려워지기 시작한다.

"우리, 좀 더 시간을 갖는건 어떨까?"

진수는 용기를 내서 말한다.

"무슨 뜻이야? 그새 뭐가 달라지기라도 한 거야?"

"환이....말이 쉽지, 처녀가, 애 한번 안 키워본 니가 남의 아이 키울수 있어?"

그말에 희원은 진수에게서 자기 손을 거두어 들인다.

"환이도 나 좋아하잖아..."

"그렇게 잠깐 보는 거랑은 또 달라. 니가 상상할 수 없을 만큼 힘들수 있어."

희원은 이제 더이상 되돌릴수 없는 지점에 이르렀다 생각된다. 그녀는 갈 준비를 차분히 한다. 그러자 진수가 뒤에서 그녀를 안아온다. 사랑한다고 다 맺어지는건 아니잖아,라는 이어지는 그의 말을 듣기가 싫어 희원은 거실바닥에 아무렇게나 나뒹굴고 있는 자기의 핸드백을 집어들고 현관으로 향한다.

그러자 진수가 그녀를 돌려세워 거세게 입을 맞춰온다. 한 5분은 그렇게 흐른것 같다...그때 초인종이 울리고 현수가 도어스코프로 확인하더니 말한다.

"처가 왔네...애 엄마가"

희원은 예상했다는 듯이 고개를 끄덕이고 하이힐에 급히 자기 발을 넣지만 잘 들어가지 않자 진수가 그녀를 대신해 그녀의 발을 하이힐에 넣어준다.

"고마워"

"우리 친구하자"

"잘 살아"

문을 열자, 미경이 희원을 보며 잠시 긴장하는 눈치다. 희원은 미경을 스치듯 지나쳐 엘리베이터 앞으로 가서 선다. 엘리베이터를 기다리는 희원의 귀에 둔중하게 현관문이 쿵,하고 닫히는 소리가 들린다.

.③이혼하면 행복할까?

"실례가 안된다면..."

창민이 조심스레 운을 뗀다. 아마도 주혜의 이혼 사유가 궁금했던 모양이다. 그건 주혜 역시 창민에게 묻고 싶은 말이다.

"남편이 외도를 했어요. 생활비도 안주고"

"아 그랬군요...저는 처가 외도를 해서 애들 키우라고 집까지

주고 ..."

창민은 지금 큰 누이집에 얹혀산다고 했다. 주혜는 그가 조금
은 안됐다. 번듯한 일류대를 나와 경영 컨설턴트를 하고 있는
그는 와이프와 cc로 지내다 결혼까지 갔고 이후 아들만 둘을
연달아 낳고 잘 살았다고 한다. 그러다 어느날 에어컨을 수리
하러 온 기사와 와이프가 눈이 맞아 결국 이혼에까지 이르게
되었다고 한다.

주혜는 자신의 이야기를 정직하게 한다는게 쉽지 않았지만 창
민이 저렇게 나오는 한 자신도 다 털어놔야겠다 생각한다. 전
남편 윤석은 이른바 '비서 킬러'였다. 자기 사업을 하는 그는
새로 비서가 들어오기라도 하면 발정난 개처럼 그녀들과 염문
을 피워댔다. 심지어는 회사가 기울고 직원들 급여조차 제때
줄수 없는 지경에 이르러도 비서를 끼고 해외여행을 나갈 정도
였다.. 외도까지야 지나가는 바람이려니 해도 생활비를 안주는
데는 더 이상 버틸 재간이 없었다. 해서 아파트 단지 근처 편
의점에서 아르바이트를 시작하자 그녀를 알아보는 주민들은 한
마디씩 수군거리기까지 했다. 해서 그 일도 더이상 할 수 없고

결국에 주혜는 친정으로 들어가기로 하고 그와 이혼했다.

그렇게 다른 여자들과 놀아났으면서도 막상 주혜가 이혼을 요구하자 윤석은 그녀에게 매달리는 시늉을 했다. 늘 하던 그말, "다신 안 그래. 한번만 봐주라" 라며. 하지만 주혜는 지난 10년의 결혼생활이 지옥같기만 했고 아이고 뭐고 황씨 성을 가진 인간들은 다 지겨워 아이도 윤석에게 넘기고 결연히 그와 이혼하였다.

둘다 배우자의 외도로 이혼한 걸 확인하자 창민은 주혜가 더더욱 안쓰럽고 보호해주고 싶다는 생각이 든다. 하지만 서로를 이해한다고 해서 당장 결혼이 되는 것도 아니다. 그렇다고 주혜를 놓치기는 아깝고 해서 그는 고심끝에 w시의 본가로 내려가 도와주십사 사정을 했고 결국, 서울 외곽 소형 아파트 전세금을 받아서 올라왔다. 그리고는 그날 싸구려 모텔에서 주혜를 안고 난 뒤 그는 살림을 합치자는 이야기를 했다. 그러자 주혜는 한없이 눈물만 흘렸다. 그걸 동의한 것으로 간주한 창민은 "이번엔 우리 잘 살자"라며 그녀를 다독였다.

그렇게 둘이 결혼에 이른 지도 언 6개월이 다 돼 간다. 주혜와

재혼하면행복할까(개정판)

창민은 둘 다 표현은 안했어도 이번 결혼마저 틀어지면 안된다는 생각이 있는지라 성격이나 생활 방식에서 조금씩 마찰이 일어나도 그걸 다툼으로까지는 발전시키질 않았다. 그 덕에 둘은 반년 동안 큰소리 한번 안 내고 무난히 지낼 수 있었다.

문제는 아이였다. 둘 다 아이들을 전 배우자에게 주고 온 터라 둘 사이엔 아이가 없고, 그러다 보니 둘을 이어줄 끈이 없다는 생각이 들어 어떻게든 빨리 아이를 갖고자 하였으나 그럴수록 주혜는 스트레스만 받았고 원하는 임신은 되질 않았다. 그러다 상상임신까지 겪어야했다.

혹시 둘에게 문제가 있나 싶어 함께 여성병원을 찾았지만 둘다 이상이 없다는 말만 돌아왔다. 이상이 없다니 언젠가 생기겠지, 하면서 창민은 애써 담담한 척 했다. 그런 창민을 보자 주혜는 더더욱 죄스러웠다. 아이를 갖지 못하는 게 무슨 대역 죄라도 되는 양. 게다가 주혜의 시모까지 아이를 들먹이며 압박을 해오는 데는 당해낼 재간이 없었다. 시모는 은근히 전 며느리가 키우고 있는 친 손주를 다시 데려오면 어떻겠냐는 이야기를 흘렸다. 주혜는 이러다간 남의 자식 키우게 생겼다고 생각돼 임신에 좋다는 한약을 비롯해 이것저것 검색하고 수소문

재혼하면행복할까(개정판)

해 죄다 먹어봤지만 1년이 다 돼가도록 임신은 되지 않았다. 주혜 나이 이제 마흔이 다 돼가니 어쩌면 자궁이 늙어서 그럴 수도 있다는 누군가의 말에 주혜는 임신을 거의 포기하기에 이르렀다.

그래도 창민은 최소한 겉으로는 내색을 않고 여전히 주혜에게 잘 대해주었다. 윤석과는 달리 급여 통장을 아예 주혜에게 맡기고 알아서 쓰라고까지 하였다. 그렇게 배려하는 창민에게 보답하는 길은 임신 뿐인데...

둘은 창민의 휴가에 맞춰 남도를 여행하기로 했다. 그렇게라도 주혜를 임신 스트레스에서 벗어나게 해주고 싶은 창민의 마음을 알기에 주혜는 토를 달지 않고 응했다. 주혜는 먼 길이니 운전도 번갈아 하자고 제안했다.

그렇게 둘은 이른 아침, 차를 몰고 남도로 향했다. 말로는 번갈아 운전하기로 하였지만 창민은 주혜에게 운전대를 넘기지 않았다. 그렇게 자기를 배려하는 창민에게 하루빨리 아이를 안겨주고 싶은 마음이 주혜를 조바심나게 만들었다. 그런 창민의 옆모습을 보면서, 이 남자를 놓치면 너무나 후회할 거라는 생각이 든다.

떠나오기 전 둘이 함께 부킹한 펜션은 도심에서 30여분을 달려야 도착하는 해안가에 있었다. 주혜가 바다뷰를 장난처럼 말하자 그래? 하더니 창민이 빛의 속도로 검색해낸 숙소였다. 그렇게 둘은 그곳에 짐을 풀고 그날 밤은 그냥 쉬기로 했다. 주혜가 먼저 샤워를 하고 나오자 창민은 다음날 스케줄을 짜서 그녀에게 알려준다. 이렇게 섬세한 남자가 어쩌다 오쟁이를 지었을까...라는 생각에 주혜는 그의 얼굴을 살며시 쓰다듬는다.

그러나 문제는 다음날 일어났다. 둘은 새벽 일찍 바다를 감상하고 주위 명소를 둘러보기로 했다. 해서 해안가 주차장에 차를 세우고 내리는데 저만치서 초보운전인지 계속 주차를 못하고 헤매는 여자 하나가 눈에 띄었다.
"아이구 저 아줌마..초보네..."하면서 창민은 재빨리 그녀에게 가서 차에서 내리라고 말한다. 그리고는 운전석에 앉아 노련하게 주차를 해준다. 그러자 여자는 연신 머리를 조아리며 고맙다는 인사를 한다.

재혼하면행복할까(개정판)

"저래서 여자들은 차 끌고 나오는 게 아니라니까"

창민이 주혜에게 돌아와서 던진 이 첫마디에 주혜는 정신이 아득해진다. 이런말은 한번도 하지 않던 남자가 갑자기...라는 생각이 들자 그녀는 자기에게 죽어도 핸들을 넘기지 않은 것도 자기가 여자여서, 내지는 자기를 믿지 못해서였을까,라는 의구심에 빠진다. 아니면 자기를 무시해서?

"여자라고 운전하지 말란 법이 어딨어"

주혜가 발끈해 하자 "당신 왜 이렇게 예민해? 그럴 수도 있지"라며 창민은 아무 일도 아니라는듯 해안가를 저벅저벅 걸어간다. 그런 그의 뒷모습이 주혜에겐 너무도 낯설다.

그렇데 데면데면해진 둘은 서로 거리를 두고 모래사장을 걷는다. 그러고 있자니 파도가 일정 간격을 두고 그들을 향해 밀려든다. 그 바람에 바짓단이 다 젖은 주혜가 꺅! 소리를 지르자 그제야 창민은 뒤를 돌아다보고 쯧쯧 혀를 찬다. 그리고는 다가와서 그녀의 젖은 바짓단을 접어 올려준다. 그런 그의 자상한 모습에 잠시 얼어붙었던 그녀의 마음이 사르르 녹아내린다...

그렇게 창민은 주혜의 어깨에 팔을 두르고 주혜는 창민의 허리를 안고 한참을 걸어간다.

재혼하면행복할까(개정판)

"아이 때문에 너무 스트레스 받지 마. 우리 둘 다 이상 없다는 데"

창민은 애써 주혜의 불안한 부분을 다독여준다. 그런 창민이 듬직하고 믿음직하다...

그런데 그때 저 앞에서 신혼부부로 보이는 젊은 커플이 마주 오는 게 보인다. 남자는 이제 갓 돌이 지나 보이는 갓난쟁이를 한팔에 안고 파도가 밀려올 때마다 피하는 시늉을 하며 아이를 웃게 하였다.

그런 모습을 창민은 넋을 놓고 바라보고 그런 창민의 태도에 주혜는 또다시 마음이 스산해진다.

점심을 먹을 때까지도 그 젊은 커플의 실루엣은 잔상처럼 둘에게 남아있다. 주혜가 유난히 좋아하는 광어회를 시켰음에도 그녀가 한 두 점 먹고 젓가락을 내려 놓는걸 본 창민은 마침내 짜증이 난다.

"애만 보면 주눅드는 당신 더이상 보기도 싫고..."

주혜가 아이 얘기를 꺼낸 것도 아닌데 창민은 이미 그녀의 마음을 감지한 것이다.

"당신두...어머니랑 같은 생각이야? 우리 사이에 애가 없으면,"

"아이 데려오는 거? 말두 안돼...그리구 애가 어려서 아무래도

172/185

재혼하면행복할까(개정판)

엄마밑에서 크는게 좋구."

"그럼 아이 크면 데려올거야?"

그 말에 창민은 아니라는 대답을 하지 않는다. 이런거였어. 둘 사이 애가 없다면, 아니 있다 해도 일정 기간이 지나면 창민은 아이를 데려올 생각이었음을 그녀는 깨닫는다. 그러자 이 결혼이 갑자기 피곤해진다. 그래도 일단 둘 사이에 애가 생기면 안 일어날 수도 있는 일이라 생각돼 어떻게든 빨리 임신을 해야겠다고 다시 한번 그녀는 다짐한다.

그날밤 창민은 세번이나 주혜를 안았고 주혜는 이번엔 제발 임신이 되기를 고대했다. 그렇게 남도에서의 3박 4일의 여정이 끝나고 상경하는 날, 창민이 슬쩍 제안을 해온다.

"이번엔 당신이 운전할래?"

그 말에 주혜는 고개를 젓는다.

"모르잖아 임신했을지"

그말에 창민의 얼굴이 상기된다.

그러나 그 달 말 생리는 어김없이 시작됐고 그걸 알게 된 창민은 실망한 티를 역력히 냈다. 결혼을 무를 수는 없다는 생각에 주혜는 장고 끝에 그에게 제안한다.

"원하면 아이를 데려와"

그 말을 들은 창민은 긴가민가 하는 낯빛이 된다. 그러면서도 말은 다르게 한다.

"좀 더 기다려보자"

그말인즉슨, 그에게 그럴 생각이 어느 정도는 있다는 것이라 주혜는 착잡할 뿐이다. 요즘 애 없이도 잘 사는 부부가 얼마나 많은가. 그럼에도 이 남자는 마치 조선시대 사람처럼 아이 타령을 끝없이 해댄다...

그리고 한달후, 주혜가 낮에 먹은 고등어가 상했는지 계속 토해대던 날, 창민은 갑자기 야근이 잡혀 늦는다는 연락을 해온다. 이럴 때 창민이 약이라도 사다 주었으면,하는 바람이었지만 주혜는 그냥 참기로 하고 침대에 몸을 눕힌다. 토하고 나서도 메슥거림은 계속 됐고 그녀는 결국 두번째 토를 하고 약국을 찾는다.

그녀가 약국 앞에 도착했을때 약사는 도어락을 잠그고 있다.

"죄송해요 급해서 그런데.."

그 말에 약사는 힐끔 돌아보더니 걱정스레 말을 건네온다.

"안색이 너무 안좋으세요...어디 병원이라도...잠시만요"

하더니 그는 골목에 세워둔 자기 차를 가져와 그녀 앞에 세운
다.
잠시 당황했던 주혜도 일단은 신세를 지자는 마음으로 그 차에
올라탔고 차는 근처 대학병원을 향해 쏜살같이 달린다.

그렇게 응급실에서 치료를 받고 그 약사의 차를 타고 아파트
단지로 들어서는데 저만치서 누군가 주혜를 쳐다보고 있는게
눈에 들어온다.
"감사했어요"
"당분간 자극적인거, 너무 짜고 매운거 들지 마세요"
약사는 그렇게 주혜를 내려주고 차를 돌려 아파트 단지를 빠져
나갔다.

주혜가 험상궂게 서 있는 창민에게 다가가자 창민은 뜬금없이
그녀의 따귀를 휘갈긴다. 주혜는 그대로 아스팔트 위로 나동그
라진다. 그걸 본 지나가던 경비원이 부부싸움에 끼어들까말까
고민하는 눈치를 보이더니 못본 척 그대로 지나간다.
"오해야...그게 아니고"
주혜가 비틀비틀 일어나며 입을 뗐지만 창민은 그녀를 무시하

고 혼자 안으로 들어간다.

그리고는 닫힌 현관문 앞에서 주혜는 한참을 기다린다. 벨을 누르기도, 철문을 쾅쾅 두드리기도 , 비번을 수도 없이 눌러봤지만 안에서 보조락을 걸어둔 창민은 도통 문을 열어줄 기미를 보이지 않는다. 그러다 지친 주혜가 계단에 쪼그리고 앉아 있는데 날이 밝아오는게 느껴진다.
저렇게 해는 빛나는데...
둘의 이혼 사유가 배우자의 외도였으면 좀 더 투명하게 행동했어야 한다는 자책이 든다. 하지만 창민의 손찌검만은 주혜도 참을 수가 없다...
창민은 출근 시간이 돼서야 문을 열고 나온다. 그리고는 그에게 말을 걸려는 주혜를 무시하고 그대로 엘리베이터에 올라 닫힘 버튼을 누른다. 닫힌 엘리베이터 문을 물끄러미 보던 주혜는 이혼을 결심한다. 이런 일이 또 일어나지 않는다는 보장도 없지 않은가....

"그 놈하구 어디까지 갔어!"
그날저녁 퇴근 무렵 창민의 회사 근처 레스토랑으로 간 주혜를

재혼하면행복할까(개정판)

보며 그가 내뱉은 첫마디가 이랬다. 이래서 사연있는 사람은 피곤하다더니...

"그런게 아냐. 당신 왜 내 말은 들으려고도 하지 않아? 난 배가 아파서..."

"우리 둘 다 이 문제로 전 사람들하구 갈라진 거 아냐? 그럼 조심했어야지...그 놈이 너 좋대? 너보다 한참 어려보이던데?"

라며 창민은 이제 비아냥대기까지 한다.

"우리 이혼해"

그녀의 말이 떨어지기 무섭게,

"누구맘대로!"라며 버럭 소리를 지르고 창민은 레스토랑을 나가버린다. 그리고는 그날밤 그는 집에 들어오지를 않는다. 그 다음날 늦게 들어온 그에게서는 야릇한 향수 냄새가 난다.

"이 향수 나 알아...여자들이 쓰는건데"

"넌 그래도 되구 난 안되는 거야?"

"그럼 이혼하면 되잖아!"

"너 참 편리한 여자구나. 쓰면 뱉어버림 된다는 식이네. 오, 그런 여자였어?"

하고는 그는 욕실로 들어가 문을 쾅 닫아버린다. 그가 벗어던진 옷가지들을 주워 정리하던 주혜는 착잡해진다. 이러려고 한 재혼이 아니었는데...자신이 경제력만 있었어도 재혼이란 걸 했을까 싶은 생각이 든다. 그놈의 돈만 있었어도...

한달 후 창민은 열 살 쯤 돼보이는 사내아이를 데리고 들어선
다.
"인사해라 새엄마"
그말에 주혜는 들고 있던 계란 거품기를 떨어뜨리고 만다.

보름후 창민과 주혜는 가정법원을 걸어 나온다. 적의니 분함이
니 그런 감정 따위는 없는 둘다 평온한 모습이다.
"우리 다시 생각해보면 안될까?"
창민이 넌즈시 그녀의 의중을 살핀다. 하지만 주혜는 세차게
도리질을 할 뿐이다.

"내가 당신 때린건 정말 미안해..다시는,"
그때 마침 지나가는 빈 택시가 있어 주혜는 그걸 잡아탄다. 그
녀가 뒷좌석에 앉아 쾅소리가 날 정도로 차 문을 닫는걸 보고
서야 창민은 그녀를 단념한다.

그렇게 택시를 타고 친정이 있는 마포로 향하는 내내 주혜는
심한 멀미에 시달린다.

재혼하면행복할까(개정판)

"임신 4줍니다"

여의사의 이 말이 주혜는 꿈결처럼 들린다. 주혜는 4주전 술에 취해 난폭하게 자기를 안던 창민이 떠올라 고개를 젓는다. 안 돼.....안돼!

에필로그

초판본을 낸 지 어언 10년 이상이 흘렀다. 그럼에도 우리의 이혼율은 아직 높은 편이고 그런 홀몸과 그들의 2세에 대한 정부 차원의 대책은 아직 미흡하다. 더불어 특히 젊은 층을 중심으로 일고 있는 동거율의 증폭은 이런 기존의 문제를 더욱 심화시킬 여지가 있다.

누군들 이혼을 염두에 두고 결혼하지는 않을 것이다. 하지만 30년을 각기 다른 환경에서 살아온 사람들이므로 갈등을 일으키는 것은 당연한 것인데 그에 대한 해답이 도무지 나오지 않을 경우 헤어질 수밖에 없다. 그렇게 홀몸 된 사람들이, 그들의 아이들이 더 이상 죄인취급 당하지 않는 보다 공정하고 너그러운 사회가 되길 바라는 마음에서 이번 개정판을 내게 되었다.

불행한 결혼이나 결합을 꿈꾸는 사람은 그 누구도 없다. 만약 있다면 그것은 정신적으로 커다란 문제가 있는 경우이리라. 누구든 단란하고 화목하고 경제적으로 윤택하게 살기를 원하며 그런 가운데 2세를 출산해 그 행복을 대물림하고 싶어한다. 하지만 현실은 그리 녹록지 않아서 그런 대다수의 바람을 외면하는 경우가 종종 있다.

프롤로그에서도 언급한 것처럼 코로나와 미 금리 상승의 여파로 우리의 결혼과 이혼율이 동시에 낮아졌다는 것은 우리가 사랑이란 부르는 것도 물질, 즉 돈의 영향을 많이 받는다는 것을 나타낸다. 그렇다면 경기가 다시 나아지고 사회에 돈이 풍족하게 돌면 또다시 이혼율이나 별거 등 홀로 사는 사태가 다시 늘어날 수 있다는 것이다. 그만큼 가정이란 것도, 부부라는 공동체도 물질과 환경의 영향에 취약하다는 것을 말해주고 이점 몹시 안타까운 부분이다.

한가지 더, 동거 부분에서 살펴본 것처럼 '사실혼으로서의 동거'일 경우 파경에 이르러도 어느정도 보상을 받는 반면 '단순 동거'는 거의 사각지대에 놓여 있음이 드러났다. 모든 동거가 반드시 '결혼'을 전제로 할 필요는 없지 않은가. 그것이야말로 개개인의 절대적 선택권임에도 우리의 현실은 '법'적으로 인정받는 한에서만 혜택을 주고 있다. 이점도 멀리 봐서 개선돼야 한다고 본다.

개개인의 자유로운 선택이 인정받는 세상, 편견 없는 세상을 기원하며 개정판을 마무리한다

2024.1

양영제, 박순영 씀

181/185

재혼하면행복할까(개정판)

재혼하면행복할까(개정판)

재혼하면 행복할까 (개정판)

발 행 | 2024.2.28
저 자 | 양영제,박순영
펴낸이 | 로맹
펴낸곳 | 로맹
출판사등록 | 2023.12.14
주 소 | 서울시 성북구 보국문로 30길15
이메일 | jill99@daum.net

ISBN | 9791198626523

romainpublish.modoo.at
ⓒ 로맹 2024

.

홀몸 남성들의 이런 모습은 생활에서도
바로 이어져 재생된다.
하나의 우주를 갖고 있는 한 여성을
기존에 있었던 여성의 빈자리로
대체하려는 습성을 버리
지 못한다는 말이다-본문

값 16000 원
03300

9 791198 626523
ISBN 979-11-986265-2-3